書下ろし

泡沫（うたかた）の義

風烈廻り与力・青柳剣一郎㊹

小杉健治

祥伝社文庫

目次

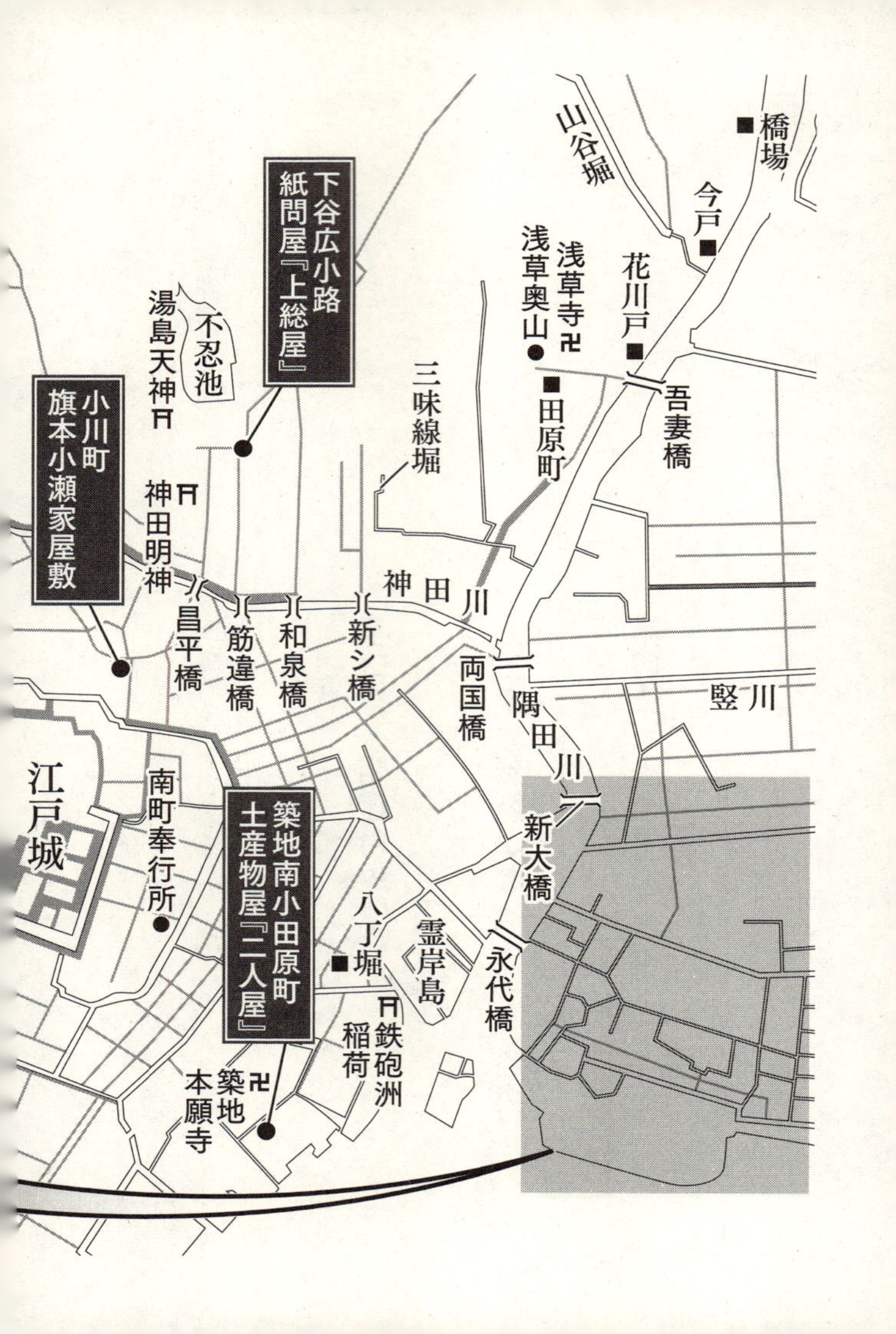

橋場
今戸
山谷堀
花川戸
浅草寺
浅草奥山
田原町
吾妻橋
下谷広小路
紙問屋『上総屋』
不忍池
湯島天神
三味線堀
小川町
旗本小瀬家屋敷
神田明神
神田川
昌平橋
筋違橋
和泉橋
新シ橋
両国橋
隅田川
竪川
江戸城
南町奉行所
築地南小田原町
土産物屋『二人屋』
新大橋
八丁堀
霊岸島
永代橋
鉄砲洲
稲荷
築地
本願寺

「泡沫の義」の舞台

北
西
東
南

深川界隈
新大橋
小名木川
佐賀町
永代橋
仙台堀
永代寺門前町
口入れ屋『斎田屋』
冬木町
永代寺門前町
駕籠屋『駕籠虎』
深川仲町
料理屋『ひらかわ』
富岡八幡宮
入船町

第一章　宗匠頭巾の男

一

木枯らしが肌を刺すように吹きつけている深川仲町の料理屋『ひらかわ』の前で、駕籠かきの信三と茂太は客を待っていた。

しんしんと寒い夜だ。五つ半（午後九時）になろうとしている。

ふたりは永代寺門前町にある『駕籠虎』という駕籠屋で働いていた。

信三は相州から江戸にやって来て、最初は商家に下男として奉公したものの、こきつかわれるだけの暮らしに嫌気が差し、次に棒手振りをはじめたが、物を売る仕事は苦手で長続きせず、体力には自信があったので駕籠かきになった。

だが、若い頃はよかったが、三十半ばを過ぎてだんだん駕籠を担ぐのが辛くなってきた。重労働で体を酷使する割には実入りも少なく、この歳になっても貯えはあまりない。以前は酒手を弾んでくれる客もたくさんいたが、最近ではめっきり少なくなった。

　いつまでも続けられる仕事ではなかった。後棒の茂太だって同い歳だから辛いはずだ。暗い中で、茂太の吸う煙草の火が赤く光った。

「冷えるな」

　信三は身を震わせ、

「茂太」

　と、呼びかけた。

「なんだ？」

　茂太は煙管を口から離して顔を向けた。

「おめえ、いつまで駕籠かきをやるつもりだ？」

「なんでえ、藪から棒に」

　茂太は煙管をくわえ、煙を吐いた。

「最近、俺は疲れが残るようになった。いつまで出来るか不安になってきた」

「俺はまだまだ出来る」

「いつまでだ？」

「いつまでだって言ったって……」

「四十を超えても出来るか」

「出来るだろう」

茂太は弱々しい声を出した。

「その先は？」

「それまでに金を貯めて……」

「貯まるか」

「その気になれば貯まる」

「酒も呑まず、食い物も我慢し……」

料理屋から人声が聞こえてきて、茂太はあわてて煙管の吸殻を捨てた。

「おう、来たようだ」

「駕籠屋さん、お願いね」

女中が小走りにやってきた。

信三と茂太は駕籠を門の前に移動させた。

出て来たのは宗匠頭巾に黒い十徳を着た、三十半ばぐらいの細身の男だった。医者か儒者、あるいは俳諧師か絵師か。だが、目つきは鋭かった。

男は女将と女中に見送られて駕籠に乗り込んだ。

「築地まで頼む」

男は言う。

「へい」

信三と茂太は掛け声を上げて駕籠を担いだ。

ふたりは長年の相棒で息はぴったり合っている。エイサ、オイサとの掛け合いで、駕籠は軽快に進む。

永代橋を渡る。大川から吹きつける風は冷たいが、すでに体は火照っている。担いでいるときは何も考えない。ただ、ふとした瞬間、先の見えない不安と疲労感が心を冷たくさせる。

霊岸島に向きを変えたとき、信三は駕籠のずっとうしろにふたりの男を見た。何度か角を曲がるとき、目の端にとらえていたのと同じ男たちのようだ。

間違いない。どうやら、この駕籠を尾けているようだ。霊岸島を抜けて京橋に架かる稲荷橋に差しかかった。

信三が足を緩めると、察したように後棒の茂太も歩みを合わせた。

「旦那」

信三は客の男に声をかけた。

「あとを尾けてくる男たちがいますぜ」

男から返事はない。もう一度、呼びかけようとしたとき、

「鉄砲洲稲荷の前で降ろしてくれ」

と、男が声を発した。

「へい」

信三は答える。

稲荷橋を渡ると、すぐ鉄砲洲稲荷だ。信三は塀沿いの暗がりで駕籠を降ろした。

「すまない。提灯の明かりをくれないか」

「へい」

信三は担ぎ棒に下げてあった提灯をとって駕籠の中に差し出した。男は矢立を取り出してすらすらと文を書いた。

それから男は駕籠から降りて、一分金を四枚出した。一両だ。

「旦那、釣り銭がありやせん」

「ええ、そうです。なんでも仰ってください」

「へえ、なんでしょうか。こんなにいただいたんだ。なんでもしますぜ」

「その代わり、頼みがある」

「いいんですかえ」

「とっておけ」

「えっ？」

「いい」

茂太も進んで言う。

「おめえたちの住まいは？」

男が背後を気にしながら訊く。

「へえ、ふたりとも冬木町の黒江長屋です」

「よし。明日、この文を持って下谷広小路にある紙問屋『上総屋』に行くのだ。主人の嘉兵衛に直に渡せ。そしたら何か寄越すはずだ。それを預かってくれ。明日の夜に取りに行く。下谷広小路にある紙問屋『上総屋』だ。いいな」

「わかりました」

「尾けてきた男たちに俺のことを訊かれたら、御参りしていくと言って拝殿に向かったと言うのだ。いいな。よし、行け」

「へい」

信三と茂太は駕籠を担いで来た道を引き返した。

稲荷橋の袂で、いかつい顔の男ふたりが駕籠の前に立ちふさがった。

「客はどうした？」

「あんたらは何者だ？」

「いいから素直に喋ったほうが身のためだぞ」

片方の男が信三と茂太を睨みつけた。

「鉄砲洲稲荷で降りました」

「鉄砲洲稲荷？」

ふたりはいきなり駆けて行った。

なにか不穏な様子だったが、信三と茂太は関わりを避けるように空駕籠を担いで永代寺門前町にある『駕籠虎』に戻って駕籠を置いた。寒さに追い立てられるように冬木町の借店に急ぐ。

「あの客は気前がよかったな」

茂太がにやつきながら言い、

「いや、明日の約束を果たしてからでないとこの金は使えねえ」

「もういただいたんだ。かまわねえ」

「そうじゃねえ。頼みごとがあるからこれだけの金をくれたのだ」

「そうかな」

　茂太は不満そうに顔をしかめた。

「それに金も貯めなくちゃならねえ」

「好きな酒を断ってまで金を貯めたってしょうがねえ」

　茂太は先のことなどまったく考えていないのだ。

「ともかく、約束を果たすまで、この金は預かっておく」

　冬木町の黒江長屋に帰った。家は隣り合わせだ。

「じゃあな。明日の朝早く、『上総屋』に行くぜ」

　信三が腰高障子を開けたとき、

「そのことだが」

　と、茂太は言い辛そうに、

「なにもふたりで行くことはあるめえ」

「呑んで行くか」

と、口にした。

「俺ひとりで行けって言うのか」

「まあな」

茂太は狡賢（ずるがしこ）そうに笑った。

「じゃあ、この金の取り分は少なくていいんだな。それならいいぜ」

信三は懐（ふところ）に手を当てて、

「おめえが一分、俺が三分だ」

「…………」

茂太の顔色が変わった。

「どうする？」

「行くよ。行けばいいんだろう」

茂太は不貞腐（ふてくさ）れたように言う。

信三は土間に入った。

「信三」

「なんだ、まだ何かあるのかえ」

「そうじゃねえ。その文、何が書いてあるか見てみねえか」

「ばか言え。そんなことしちゃならねえ。それに見たことがばれたら、あとで何を言われるかわからねえ。ここは素直に従うんだ。気前のいい旦那だった。もしかしたら、また謝礼をもらえるかわからねえぜ」

「そうだな。わかった」

茂太は素直に頷(うなず)いた。

「そうだ。明日は駕籠かきだとわからねえように着流しで行くんだ。着るものはあるだろう」

「よれよれだけどな」

「よし。それでいい。じゃあ、明日だ」

信三は言い、腰高障子を閉めた。

信三には目論見(もくろみ)があった。きょう乗せたあの男は羽振(はぶ)りがよさそうだ。頼まれごとをちゃんとこなせば信頼を得られるだろう。そしたら、あの男の手伝いをさせてくれるように頼むのだ。ともかく、駕籠かきから早く足を洗いたかった。

翌朝、五つ半（午前九時）過ぎに、信三と茂太は下谷広小路の紙問屋『上総屋』の前にやってきた。

漆喰(しっくい)の土蔵造りの店で間口が広い。たくさんいる奉公人の中で、番頭らしい年配の男に声をかける。

「恐れ入りやす。ご主人にお目にかかりたいのですが」

「おまえさんは？」

番頭らしき男は胡乱(うろん)そうに見る。

「あるひとに頼まれてこの文を持参しました」

信三はそう言い、文を取り出す。

「預かっておきましょう」

「いえ、返事をいただかねばなりませんので、直にご主人にお渡ししたいのですが」

「そうは言っても旦那さんはお忙しいのだ。約束がないとお会いにならない。その文を預かって、私が旦那さんの返事を聞いておきます」

番頭は煩(わずら)わしそうに言う。

「いえ。お会いしてからでないと」

「では、あとで旦那さんの都合を聞いておく。明日にでも改めて来てもらいましょうか」

「今、ご主人の都合をきいてくださいませんか」

「すぐは無理です」

番頭は呆れたように言う。

「これが大事な文だったらどうしますか。あとでご主人に叱られるかもしれませんぜ」

信三は番頭を脅した。

番頭は顔をしかめて店の奥に入って行った。

戸口に立っていると、客がぽつりぽつりと入って来る。邪魔にならないように端に寄った。

しばらくして番頭が戻ってきた。

「どうぞ、こちらに」

店座敷の右端に、鬢に白いものが目立つ男が出てきた。番頭は信三と茂太をその男のところに連れて行った。

「わたしが『上総屋』の主です」

男が名乗った。

「嘉兵衛さんで？　これを預かってきました」

　信三は文を差し出した。

　嘉兵衛はその場で文を開いた。何が書いてあるのか、しばらく見入っていた。

が、やがて立ち上がり、

「返事を認(したた)めるのでここでお待ちを」

　と、奥に向かった。

　しばらくして袱紗(ふくさ)に包んだものを持ってきた。

「では、これをお渡しください」

「お預かりいたします」

　信三は受け取った。ずしりと沈みこむような重みがあった。

　茂太と目配(めくば)せし、

「では」

　と、挨拶(あいさつ)して戸口に向かった。

　店を出てから、

「ちょっとそれを貸してくれ」

　と、茂太が言う。

「開くんじゃないぜ」

「わかっている」

茂太は受け取ったものの感触を手のひらで確かめていたが、

「ずいぶんあるな」

と、呟(つぶや)いた。

「いくら入っているのか。三十両ぐらいはあるかもしれねえ」

「五十両はあるだろう」

「五十両か……」

茂太は生唾(なまつば)を呑み込んだようだ。

尾けてくる者がいないか用心しながら、一刻(二時間)近くかかって長屋に帰ってきた。

いきなり誰か入ってきても見られないように茂太を土間に立たせ、信三は五十両を床下に隠した。

「もういいぜ」

信三は言い、土間に下りた。

「よし、行こう」

信三と茂太は永代寺門前町にある『駕籠虎』に向かった。

二

その日の朝、南町奉行所定町廻り同心の只野平四郎は、八丁堀の組屋敷から直接、鉄砲洲稲荷の裏手にやって来た。

平四郎が手札を与えている、岡っ引きの久助が迎えた。

「旦那、こっちです」

久助が先に立って歩き始める。

今朝早く、稲荷の裏手の大川端で男がふたり倒れているのを参拝客が見つけたのだ。知らせを受けた久助は南八丁堀一丁目の家から逸早く駆けつけた。

莚をかけられた亡骸は少し離れて横たわっていた。最初の亡骸の前に立つと、久助がすぐ莚をめくった。三十前と思えるえらの張った男だ。遊び人ふうで、懐に匕首の鞘があった。

平四郎はしゃがんで手を合わせてから亡骸を検めた。

「心ノ臓と腹の二カ所か。匕首の傷だな」

平四郎は呟き、

「最初に腹、続いて心ノ臓だな。的確に心ノ臓を突き刺している。かなり得物の扱いに馴れているようだ」

と、見た。

「血が固まって、体も硬くなっています。殺されたのは昨夜のようです」

「そうだな。この状態だと半日近く経っている」

「するってえと、昨夜の五つ半（午後九時）から四つ（午後十時）過ぎってところですね」

久助が応える。

久助は数年前に平四郎が定町廻り同心になったと同時に手札を与えた男だ。それまで、他の同心から手札をもらっている岡っ引きの手下として働いてきたので、探索の経験は積んでいた。まだ三十歳の独り身だ。

「向こうだ」

平四郎は次の亡骸のほうに移動した。

やはり、遊び人ふうの男で二十五、六歳だ。もうひとりに負けないぐらいにいかつい顔をしていた。

「こっちは左腕と心ノ臓か」

平四郎は頷いて、

「最初の一撃で動きを鈍らせ、それから匕首で心ノ臓を突き刺しているようだな」

「たったふた突きで、相手を仕留めているんですね」

久助は驚いたように言う。

「このふたりも匕首に馴れていそうだが、下手人の敵ではなかったのだろう」

平四郎は言った。

「仲間割れか、やくざ者同士の喧嘩でしょうか」

久助が見当を言う。

「ゆうべ、何かを目撃した者がいるやもしれぬ。周辺を当たってくれ。それと、殺された者の身許だ」

「へい」

久助が応じたとき、町役人が近づいてきた。

「旦那、久助親分」

町役人が声をかけ、

「昨夜、不審な男を見たという女が……」

と、後ろを振り向いた。

少し離れたところに三十年配の女が立っていた。細身で、どこか艶っぽい。玄人のような雰囲気があった。

平四郎と久助はその女のそばに行った。

「おまえさんの名は？」

平四郎は訊いた。

「はい。私はすぐ近くで呑み屋をやっている、たみと申します」

呑み屋の女将かと、平四郎は合点した。

「私は店を閉めたあと、いつも稲荷に御参りにきます。店を閉めるのがだいたい五つ半（午後九時）ごろですかね」

おたみは眉根を寄せて続けた。

「昨夜もその時分でした。私が御参りを済ませて引き上げようとしたとき、宗匠頭巾をかぶった男が入ってきて拝殿に向かうのを見ました」

「宗匠頭巾？　着物は？」

「医者か絵師のような十徳姿でした。そのひととすれ違ったあと、今度は遊び人ふうの男がふたり境内に入ってきたんです」

「男たちはどっちの方角から来たかわからないか」

「いえ、わかりません。ただ、宗匠頭巾の男は駕籠から降りたんじゃないですかねえ。空駕籠は稲荷橋のほうに向かったようでした」

「屋号は見ていないだろうな」

「はい。暗かったですから屋号までは……」

「そうか。ところで、ふたりの男の顔を覚えているか」

「おっかなそうな顔をしていました。ひとりはえらの張った顔でした」

「見ればわかるか」

おたみははっとしたような顔をし、

「いやですよ」

と、先回りして言った。

「骸（むくろ）なんて見ませんからね」

「そう言わずに、見てくれ」

久助が頼む。

「だって気持ち悪いじゃないですか」

「気持ちはわかる。だが、下手人を見つけるためだ。手を貸してくれ」

平四郎はおたみを説き伏せる。

「だから、名乗り出るのはいやだったんですよ。おっかさんが訴えたほうがいいって言うもんだから」

おたみはぐずぐず言っていたが、

「まあ、しょうがないわねえ」

と、ため息をついた。

おたみは重たい足を引きずるようにして、亡骸のそばに近づいた。

「いいか。めくるぜ」

久助が莚に手をかけた。

「どうぞ」

おたみは深呼吸をした。

莚がめくれ、亡骸の顔が露になった。

おたみは恐る恐る顔を覗き込んだ。最初はすぐ目を逸らしたが、意を決したように改めて顔を見つめた。

「このひとだと思います。いいえ、このひとです」

おたみは言い切った。

「確かか？　日のある刻限ではないぞ」

「はい、灯籠の明かりで。このえらの張った顔が印象に残ってます」

「すまねえが、もうひとりも見てくれ」

久助がおたみを次の亡骸のところに連れて行く。

もう度胸が据わったのか、おたみはすたすたと少し離れた亡骸のところに行った。久助が莚をめくり、おたみは顔を覗き込む。

「どうだ？」

久助が確かめる。

「間違いありません」

そう言い、おたみは亡骸の前から離れ、あわてて銀杏の樹の陰に行った。大きく深呼吸をしていた。やはり、気分が悪くなったようだ。

「だいじょうぶか」

平四郎は声をかけた。

「はい。もう大丈夫です」

おたみは振り返った。

「あのふたりははじめて見る顔か」

「はい」

「最初に見かけた宗匠頭巾の男を追っていたのは間違いないか」

「そうだと思います」

「宗匠頭巾の男の特徴は？」

「三十半ばぐらいの細身で、しなやかな感じの体つきでした。あとはよくわかりません。ただすれ違っただけですから」

「駕籠屋だが、何か思い出せないか」

久助が改めて訊いた。

「いえ……」

「そうか。ごくろうだった」

平四郎はねぎらった。

おたみが去ってから、

「どうやら駕籠に乗った宗匠頭巾の男を、殺されたふたりが追っていたようだな」

平四郎はおたみの話からわかったことを口にする。

「仲間割れとか喧嘩というわけではなかったようですね」

「そのようだ。駕籠を追っていたとなると、ここまで来る途中で誰かが駕籠を見ているはずだ。駕籠屋がわかれば宗匠頭巾の男をどこで乗せ、どこまで行くことになっていたかわかる」

「へえ。さっそく周辺を聞き込んでみます」

「夕方、本湊町の自身番で落ち合おう」

「へい」

久助は手下とともに聞き込みに向かった。

平四郎はもう一度亡骸を見てから、稲荷の境内に入り、おたみが宗匠頭巾の男や殺されたふたりとすれ違ったという場所に行った。

今は昼間で夜の暗さがどのくらいかわからないが、昨夜は月が出ていた。駕籠を見ていた者は必ずいるはずだ。駕籠屋さえわかれば宗匠頭巾の男のこともわかる。そう思ったとき、ふと何かが脳裏を過った。

宗匠頭巾の男……最近、どこかで聞いたことがあった。そうだ、と平四郎は思い出した。

平四郎は奉行所に足早に向かった。

三十間堀を越え、数寄屋橋御門に差しかかったとき、若党と小者を連れたふたりの同心が橋を渡ってきた。

風烈廻り同心の礒島源太郎と大信田新吾だ。

「これから見廻りでございますか」

平四郎は礒島源太郎に声をかけた。

「うむ。平四郎、今日は出仕が遅いではないか」

源太郎がきいた。

「はい。鉄砲洲稲荷で殺しがありまして」

「そうか。それはご苦労。ではな」

源太郎は言い、すれ違って行く。大信田新吾も人懐こい笑みを平四郎に向け、会釈して通りすぎて行った。

平四郎も数年前までは風烈廻り同心で、礒島源太郎といっしょに火災の予防や火付けをする不届き者などの警戒のために市中を巡回していた。特に風の強い日は青痣与力こと青柳剣一郎も同道した。

平四郎の亡き父は定町廻り同心だったので、いつか自分も定町廻り同心になりたいという夢を持っていた。

定町廻り同心の定員は南町奉行所で六名であり、長く空きがなかった。ところが、臨時廻り同心の近間宗十郎が病で倒れてしばらく静養することになった。そのため、定町廻りから同心を異動させることになり、定町廻り同心に欠員が生じた。

そこで青柳剣一郎が、平四郎を推挙してくれたのである。平四郎の後釜として新たに風烈廻り同心になったのが大信田新吾で、礒島源太郎とふたりで見廻りに出ている。

風烈廻りの時代に青柳剣一郎の薫陶を受けたことで今の自分があるのだと、平四郎は恩義を感じている。定町廻り同心になったあとも探索が難航すると、青柳剣一郎が乗り出して、難事件も解決に導いてくれるのだ。

平四郎は数寄屋橋御門内にある南町奉行所の潜り戸を入り、同心詰所に入った。

きりりとした顔立ちの植村京之進がいたので、平四郎はほっとしてまっすぐ近づいて行った。

「植村さま」

平四郎は声をかける。

「平四郎か」

京之進が応じた。

平四郎が風烈廻りの時代、若いながらすでに京之進は定町廻り同心として活躍していた。見廻りのとき、ときたま町中で京之進を見かけることがあった。黒羽織に格子の着流しを身にまとい、さっそうとした足捌きで町を歩く姿は粋であり、平四郎は羨望の眼差しで見ていたものだ。

京之進もまた青痣与力こと青柳剣一郎を信奉していて、探索のことでも何かと相談をしていた。

そういう縁もあって、当時から京之進とは親しくしてもらっていた。

「植村さま。少しお訊ねしたいことがあるのですが、今よろしいでしょうか」

「うむ。なんだ？」

「じつは今朝、鉄砲洲稲荷の裏の大川端で遊び人ふうのふたりの男の死体が見つかりました」

「殺しか」

「はい。匕首で心ノ臓を刺されていました」

平四郎は答えてから、

「このふたりは宗匠頭巾をかぶった十徳姿の男を尾行していたようなのです」

「宗匠頭巾に十徳姿……」

京之進は眉根を寄せた。

「いつぞや、神田川に男の水死体が浮かんだことがありましたね。そのとき、男が川に落ちる前に、宗匠頭巾に十徳姿の男と歩いていたという話があったとお聞きしましたが」

「そうだ。神田佐久間町にある『生野屋』という茶問屋の主人が死んだ。結局、酔って川に落ちたということになった。確かに、その直前、近くで宗匠頭巾に十徳姿の男と羽織姿の男がいっしょに歩いていたのを見たという者がいた」

『生野屋』の主人は深川仲町で同業者との寄合が終わったあと、舟で神田川沿いの船宿まで帰ってきた。そのあと、和泉橋の近くで川に落ちたのだ。かなり酔っていたので小便をしようとして過って落ちたものとみなされた。羽織姿の男が『生野屋』の主人とすると、その前に宗匠頭巾の男と歩いていたということになる。そのことがほんとうなら事態は一変するかもしれない。

「宗匠頭巾の男は見つからなかったのですね」

平四郎は確かめる。

「見つからなかった。それに、宗匠頭巾の男と歩いていたのが『生野屋』の主人かどうかもはっきりしていないのだ。ただ、俺は生野屋が酔っぱらって川に落ちたとは思えないのだ。船宿から家までそれほど離れていない。催したのなら、船宿で厠に寄ってくればいい。船宿を出たあとでしたくなったとしても家まで我慢出来たはずだ。だが、生野屋が殺される理由も見つからず、なんとなくすっきりしないまま、事故ということになってしまったのだ」

京之進は顔をしかめた。

「今回の殺しに宗匠頭巾の男が出てきたのは偶然かもしれません。すみません。お騒がせしました」

平四郎は謝った。

「いや、待て」

京之進が手を上げた。

「今も言ったように、事故として片づいたが、俺は納得しているわけではなかったのだ。だから宗匠頭巾の男というのが引っ掛かる」

京之進は真顔になって、

「もう一度、生野屋の件を調べてみよう。もしかしたら、そちらの殺しとも無関係ではないかもしれない。何かわかったら、教えてくれ」

「わかりました」

平四郎が京之進の前から去ろうとしたとき、

「平四郎」

と、近づいてくる者がいた。平四郎は顔を向けた。古参の臨時廻り同心の太田勘十郎だった。平四郎が定町廻り同心になりたての頃に、平四郎を指導してくれ、色々と相談にも乗ってくれた、いわば師に当たる先輩であった。

「これは太田さま」

「相変わらず、張り切っているな。結構なことだ」

「恐れ入ります」

「じつは近間どののことだ」

「近間さまの？」

臨時廻り同心だった近間宗十郎が病気になって役目を退いたことで、平四郎に定町廻り同心になる機会が巡ってきたのだ。定町廻りとなったとき、平四郎は見舞いがてら挨拶に伺ったことがある。

「うむ。近間どのはいまだに病床におられるが、最近、定町廻り同心を順番に呼んでいるようだ」

「呼んでいる？」

「そのうち、そなたにもお呼びがかかろう」

「わかりました。でも、同心たちに会いたがっているというのは、やはりお加減が……」

病状がよくないのかと、平四郎は心配した。

「いや、わからぬ。ただ……」

勘十郎は浮かない顔をして、

「近間どのは若い同心を激励したいのだ。近間どのから見たら、最近の若い同心たちの働きに、物足りなさを感じているようだ。だから、定町廻りとしての心構えについて話しておきたいのだろう」

「もしや、植村さまも？」

平四郎は京之進の顔を見た。

「ああ、見舞いがてら行ってきた。探索をもっとしっかりやれと説教された。手に負えないと青柳さまにお出ましいただいていることでも、青柳さまのお手を煩わすことなく自分たちで解決出来るよう腕を磨けと諭された。病床にありながら世情（せじょう）にお詳しい。探索方の魂をいまだ忘れずという印象だった」

「そうですか。では、私も近々お見舞いに上がって、お叱りを受けてまいります」

「うむ。なにしろ、近間どのは、自分が退いたために定町廻りになったそなたを、もっとも気にされていたからな」

勘十郎は言った。

「わかりました」

鉄砲洲稲荷の殺しの件が片づき次第、見舞いに行ってみようと平四郎は思った。

夕方、平四郎は本湊町の自身番に向かった。戸口に近づくと、ちょうど久助が出てきた。

「旦那、駕籠を見ていた者が見つかりました」

久助がいきなり口を開いた。

「霊岸島に住む職人が駕籠と行き違ったあと、ふたりの遊び人ふうの男ともすれ違ったということです。男たちは駕籠のあとを尾けているようだったと言っておりやす」

「霊岸島にはどこから入ったかわかるか」

「ええ。大川端町の木戸番屋の番太郎が、駕籠とあとからふたりの男が尾けて行くのを見ていました。それで、見当をつけて永代橋西詰にある船番所できいてみたところ、案の定それらしき駕籠を見ていました」

「そうか。永代橋を渡ってきたか」

「はい。その先はこれからですが」

「駕籠屋の屋号を覚えている者はいたか」

「それがはっきりしないんです。黒い丸の中に文字が書いてあったそうですが、やはり少し離れていたのと、走っていたので、よく目に留まらなかったのでしょう」

「まあ、そこまでわかれば上出来だ。駕籠屋は深川だ。明日、深川を当たればその駕籠屋はすぐに見つかるだろう」

「へえ」

久助は応じてから、

「ふたりの男は駕籠の男を襲うつもりではなく、ただ行き先を突き止めようとしただけなのかもしれませんね。襲うなら、霊岸島を突き抜けるまでに人気のない暗い場所はいくらでもありますから」

と、自分の考えを述べた。

「だが、駕籠に乗っていた宗匠頭巾の男は尾行に気づいて鉄砲洲稲荷の前で駕籠を降り、稲荷の裏に誘き出して殺したというわけだ」

「ただ者じゃありませんね」

「いずれ裏の世界の者だろう」

平四郎は言ってから、

「ひと月ほど前、神田川に落ちて死んだ『生野屋』の主人の件を覚えているか」

と、きいた。

「確か、『生野屋』の主人はかなり酔っていたそうですね。小便をしようとして川に落ちたとかいう……。それが何か」

「その時刻、宗匠頭巾に十徳姿の男が生野屋らしい男と歩いているのを見ていた者がいたのだ」

「宗匠頭巾に十徳姿ですって」

「そうだ。まあ、医者や絵師などはそういう格好をしているから、まったく無関係かもしれない。だが、少し気になってな……」

生野屋の水死と鉄砲洲稲荷裏での殺しに何かつながりがあるのではないか。平四郎はふとそんな気がした。

三

夕方になって仕事を切り上げ、信三と茂太は冬木町の長屋に帰った。茂太も信三の家で、宗匠頭巾の男がやって来るのを待った。薄暗いが、天窓からはまだ少し明かりが入ってくるので行灯に火を入れてはいない。

「旦那にずいぶん厭味を言われたな」

信三は渋い顔をした。

「遅く店に出て、早く帰ってしまうんだからな。いい顔されないのは当たり前だろう」

茂太も自嘲ぎみに言う。

「茂太。俺は宗匠頭巾の旦那に仕事をもらえないか頼んでみるつもりだ」

「駕籠かきを辞めるつもりか」

「ああ、いつまでもこんな暮らしじゃやっていられねえ」

「そうか」

「おめえはどうする？　どうせならいっしょに頼んでみねえか」

「あの旦那、何者かわからねえ。どんな仕事をしているかもわかりゃしねえんだぞ」

「確かにそうだが、羽振りがいいのは間違いない。あの旦那についていけば金になりそうだ。そうは思わねえか」

「いいか。遊び人ふうの男たちに尾けられていたんだ。堅気じゃねえ」

「確かに、あの鋭く暗い目つきはただ者じゃねえだろう。だが、そんな危険なひととは思えないんだ」

「おめえは思い込みが強すぎる。いったんそうなったら、それに間違いないと思ってしまうんだからな」

　茂太は呆れたように言う。

　天窓からの明かりも消え、部屋の中は暗くなった。信三は行灯に火を入れた。男がやって来たのはそれから一刻（二時間）後だった。腰高障子を開けて入ってきたとき、すぐにはきのうの男だとは気づかなかった。

五尺七寸（約一七一センチ）ほどの細身で、茶と紺の弁慶縞の着流しだった。逆八の字の眉は太くて濃く、切れ長の目は眼光鋭く、射すくめるような凄味が漂っていた。

「昨日の？」

信三はあわてて言った。

「そうだ。こんな格好じゃぴんとこねえのも無理はねえ」

男は土間に立って言う。

「へえ。でも……」

「でも、なんだえ」

「いえ、なんでも」

鋭い目つきは同じだと言おうとして止めた。

「約束のものをもらって来てくれたか」

「へい」

信三と茂太は立ち上がり、床下から預かってきたものを取りだした。

「どうぞ」

「ごくろうだったな」

男は受け取ると、中を確かめようともせずに懐に仕舞った。

「中を確かめなくていいんですかえ」

信三は不思議そうにきく。

「なんだ？　おめえたちが中身をくすねたのか」

「とんでもない。あっしたちは中も見ちゃいねえ」

「そうだろうな。信用出来ると思ったから頼んだんだ。もし、おめえたちに裏切られたとしたら、俺の目が曇っていたということだ」

男は太っ腹だった。この男なら間違いないと思った。

男は財布から一両小判を出して、

「礼だ」

と、言った。

「いりません」

「いらない？」

男は不思議そうな顔をした。

「ええ、いりません。その代わり、あっしらを旦那の下で働かせていただけませんか」

「………」

「だめですかえ」

「俺が何をしているのか、わかっているのか」

「知りません。でも、しばらく旦那といっしょに働かせてもらいたいんです。じつは駕籠かきが少しきつくなってきたんです」

「ちょっと腰を下ろさせてもらうぜ」

「あっ、気がつきませんで。どうぞ」

信三はあわてて言う。

男は腰を下ろし、腰から煙草入れを取りだした。革の高価そうな代物だ。信三は煙草盆を前に出す。

煙管を抜き取って、雁首に刻みを詰め、煙草盆を持ち上げて火を点けた。

煙を吐いてから、

「何が出来るんだ？」

と、男はきいた。

「何が……」

信三は戸惑い、茂太と顔を見合わせた。

「商売ならやったことがあります」

それまで黙っていた茂太が口をはさんだ。

「ふたりでやるのか」

「へえ」

茂太は頷いた。

信三は驚いた。茂太はそれほど乗り気ではなかったはずだ。

男は煙を吐き、灰吹に雁首を叩きつけて灰を落とした。

「そうか。わかった」

男が言った。

「えっ、いいんですかえ」

信三は思わず前のめりになった。

「俺の仲間になれば裏切りは許さねえ。約束出来るか」

男は鋭い目になった。ぞっとするような冷たい目だ。

「へい」

信三と茂太は同時に頷いた。

「よし。だが、今の仕事は俺だけで十分だ。築地にある家を貸してやろう。しもたやだ。そこで商売をやれ。元手も出してやる」

「えっ？」

信三は耳を疑った。

「旦那。今、なんと仰ったんで？」

「元手を出してやるから商売をやれと言ったんだ。なんだ、それじゃまだ不服か」

男は笑いながら言う。

「いえ、夢みてえな話なもんで」

「夢なんかじゃねえ。よし、こうしよう。明日の夕方に築地の家に来い。南小田原町だ。そこで、この先の打ち合わせをしよう」

「昨夜、駕籠で帰ろうとした家ですね」

「そうだ。俺はたまに泊まるだけだ。あとはおめえたちが自由に使えばいい」

「わかりました」

「じゃあ、明日だ」

男は立ち上がった。

「おっと肝心なことを忘れていた。もし、昨夜のことを誰かに訊かれたら、鉄砲洲稲荷で降ろしたと言うんだ。築地まで送ることになっていたとは言うな」

「へい」

「それから、何があってもよけいなことは考えるな。俺とおめえたちの関係は、元手を出して商売をさせてやるってだけのことだ。だから、俺に深入りするな」

「わかりました」

「もうひとつ、俺との関係を誰にも言うな。おまえたちだけの才覚で、商売をはじめたと言うんだ。わかったな」

「へい」

「よし。じゃあ、明日だ」

「あっ、もし」

信三は呼び止めた。

「まだ、旦那のお名前をお聞きしておりませんが」

「そうだったな」

男は苦笑して、

「俺は藤吉(とうきち)ってもんだ」

「藤吉さんで」

「これからはそう呼んでくれ」

言い残して、男は土間を出て行った。

「おい、願ったり叶ったりだな」

信三は声を弾ませた。

「なんだか狐につままれたようだ」

茂太は信じられないように呟き、

「裏があるんじゃないのか」

と、用心深く言った。

「どんな裏があるって言うんだ？　俺たちを騙してどんな得があるって言うんだ？」

「そうだな。確かにそうだ。だが、こんなうまい話があることが信じられねえ」

「ともかく、明日、築地に行ってからだ」

「とりあえず、朝は『駕籠虎』に行こう」

「明日、藤吉さんと話がついたら俺はもう『駕籠虎』を辞めるぜ」

「ああ、俺もだ」

茂太は立ち上がって、

「じゃあ、明日だ」

と言い、隣に帰って行った。

確かにこんなうまい話があることが信じられない。しかし、信三は藤吉という男を何の根拠もなく無条件に信じ切っている。いや、しいて根拠を挙げれば、ふたりを信用して『上総屋』に使いを頼んでくれたことだ。信用してくれる相手を信用するのは当然だ。しかし、それよりも、信三は駕籠かきから抜け出たかった。今のままなら女房をもらうのも難しい。


翌日は朝から駕籠かきに精を出した。気持ちが先のことに向かっているせいだろう、担ぎ棒が肩に食い込む痛みをいつも以上に感じた。

昼過ぎにいったん『駕籠虎』に戻ると、店先にいた主人が、

「信三に茂太。南町の旦那と久助親分がお待ちだ」

と、告げた。

「南町……」

瞬間、信三は藤吉の顔が脳裏を過った。

茂太と顔を見合わせてから土間に入った。

只野平四郎という同心と岡っ引きの久助が待ちかまえていた。

「信三に茂太かえ」

久助が訊いた。

「へえ」

「ちょっと訊きてえことがある」

「なんでしょうか」

信三は用心深く同心と久助の顔を見た。

「一昨日(おととい)の夜、鉄砲洲稲荷まで宗匠頭巾の男を乗せなかったかえ」

信三はどきっとしたが、ここまで来たということは、ある程度調べがついているのだと思い、

「へえ、お乗せしました」

と、正直に答えた。

「どこから乗せたんだ？」

「仲町の『ひらかわ』という料理屋からです」

「仲町の『ひらかわ』か」

久助は呟いてから、

「最初から鉄砲洲稲荷までという約束だったのか」

と、きく。

「さようです」

「あの時刻に鉄砲洲稲荷までとは妙に思わなかったのか」

「あまり深くは考えませんでした。おそらくあの付近に住んでいらっしゃるのだろうと。たぶん、駕籠かきにも家を知られたくなかったんじゃないでしょうか。そういうお客さんもたまにいますので」

信三はすらすらと口にした。

「そうか。で、駕籠のあとを誰か尾けていなかったか」

「いえ」

予想していたので、信三は即座に否定した。

「気がつかなかったですねえ。なにしろ前を向いたまま駕籠を担いでますんで、後ろはまったくわかりません」

「角を曲がったときに目の端に何かが入ったとか」

「いえ、何も」

久助は茂太に顔を向け、

「おめえさんはどうだ？」

と、きいた。

「あっしは後棒ですし、夜ですからね。まったく後ろはわかりません」

「客の宗匠頭巾の男は駕籠を降りたあと、どこに行った？」

「拝殿のほうに向かったようです」

「そうか」

「引き返すときはどうだ？」

同心が口をはさんだ。

「駕籠を担いで引き返すとき、男を見かけなかったか」

「……そういえば、遊び人ふうの男がふたりいました」

「その男たちはおまえたちに声をかけなかったか。客はどうしたとか」

「いえ」

信三は否定してから、

「親分さん、何かあったんですかえ」

と、胸騒ぎを覚えながらきいた。

「鉄砲洲稲荷の裏手で、その遊び人ふうの男ふたりが殺されたんだ」

久助が厳しい顔をした。

「えっ」

信三と茂太は思わず声を上げた。

「まさか……」

信三はあとの言葉が続かなかった。同心は信三の目を見て言う。

「疑いは、一昨日おまえたちが乗せた宗匠頭巾の男にかかっている」

「………」

「乗せた男のことで何か気づいたことはないか」

「いえ」

信三はため息混じりに言う。

「顔は見たか」

「へえ。といっても、暗い中でしたが」

「どんな顔立ちだ？」

「細面で……」

いい加減なことを言おうとしたが、藤吉は『ひらかわ』の女将や女中に顔を晒(さら)しているのだ。嘘(うそ)はつけないと思い、

「端整(たんせい)な顔立ちだったように思います」

「目つきは鋭かった」

脇から茂太が言う。

「そうでした。目つきは鋭かったようです」

信三は言う。

「途中、何の話もしなかったのか」

再び、同心が問うた。

「へえ。よけいなことはあまり喋らないお方でした」

「そうか」

「殺されたふたりっていうのは何者なんですか」

久助が答え、同心に顔を向けた。

「まだ、わからねえ」

同心が頷くのを見て、

「わかった。邪魔したな」

久助は『駕籠虎』の主人にも挨拶をし、同心の只野といっしょに土間を出て行った。

信三は茂太と顔を見合わせた。茂太は強張った顔をしていた。そういう自分も青ざめているかもしれないと、信三は思った。

夕方になって、信三と茂太は『駕籠虎』を出た。主人は、これ以上勝手な真似をしたら辞めてもらうと憤ったが、ふたりは意に介さなかった。

永代橋に差しかかって、やっと茂太が口を開いた。

「藤吉さんがふたりを殺ったんだろうな」

「そうだ」

「やっぱり藤吉さんはただ者じゃねえ」

茂太が声を震わせた。

「だが、相手も遊び人だ。堅気の者を殺したわけじゃねえ。俺たちには関係ないことだ」

「ほんとうに、そう思っているのか」

「もちろんだ。藤吉さんが言っていたように、俺たちは藤吉さんのやっていることに深入りしなければいいんだ」

「そんな簡単に割り切れるのか」

「そうするしかない」

信三は自分にも言い聞かせるように言った。

永代橋を下り、霊岸島に渡る。一昨日の夜のことが蘇る。この辺りで尾けているふたりに気づいたのだ。

あのふたりは藤吉の住まいを見届けようとして尾行していたのに違いない。ふたりに気づいた信三は、尾行者のことを藤吉に教えた。

そうか。藤吉はそのことでも、信三たちに恩義を感じたのかもしれない。あのままなら、築地の家まで尾けられていたはずだ。

「茂太。藤吉さんが俺たちによくしてくれるのは、尾けられているのを教えてあげたからではないか」

「そうかもしれねえが、なんだか薄気味悪くねえか」

茂太は不安そうに言う。

「いやなら降りてもいいんだぜ。俺はひとりでも藤吉さんについて行く」

「いやだなんて言ってねえ」

茂太は憤然と言う。

稲荷橋を渡り、鉄砲洲稲荷の前までやってきた。辺りは薄暗くなってきた。ふと、目の前を奉行所の者らしい男が横切った。

ふたりは足早に稲荷の前を通りすぎて行った。

四

朝起きたとき、庭は霜が降りて白くなっていた。寒いが、心が引き締まる思いがした。朝餉のあと、髪結いに月代と髭を当たってもらい、それから青柳剣一郎は継裃を身につけ、妻女の多恵から十手を受け取った。

剣一郎は槍持ち、草履取り、挟み箱持ち、若党の供を連れて八丁堀の屋敷を出て、四つ（午前十時）前に南町奉行所に出仕した。

剣一郎が継裃から着流しになって与力部屋に落ち着くのを待っていたように、年番方の同心が呼びに来た。

「宇野さまがお呼びにございます」

「ごくろう」

同心は五つ（午前八時）、与力は四つの出だが、年番方与力の宇野清左衛門はいつも早く出仕している。

剣一郎がすぐに年番方の部屋に行くと、すでに清左衛門は文机に向かって書類に目を通していた。

金銭面も含めて奉行所全般を取り仕切っており、奉行所一番の実力者である清左衛門の仕事は多い。

「宇野さま。お呼びでございましょうか」

剣一郎が声をかけると、清左衛門は文机の上の書類を片づけ、

「長谷川どのがお呼びだ」

と、顔をしかめて言う。

内与力の長谷川四郎兵衛は、いつも清左衛門を介して剣一郎を呼びつける。

「今度は何を青柳どのにやらせようと言うのか」

清左衛門といっしょに内与力の用部屋を訪ねると、隣の部屋に案内され、すぐに長谷川四郎兵衛がやって来た。

「ごくろう」

剣一郎は低頭して迎えたが、四郎兵衛は軽く会釈をしただけだ。

内与力の長谷川四郎兵衛はもともとの奉行所の与力ではなく、お奉行が赴任と同時に連れて来た自分の家臣である。お奉行の威光を笠に着て、態度も大きい。

ことに、剣一郎を目の敵にしている。

だが、そんな四郎兵衛も、奉行所一番の実力者である清左衛門には気をつかっていた。清左衛門にへそを曲げられたら、奉行とて仕事が立ち行かなくなるからだった。

清左衛門が促す前に四郎兵衛がいきなり用件を切り出した。

「旗本の小瀬直右衛門さまの次男直次郎どのが、半月ほど前、屋敷の近くで網代笠の行脚僧に仕込み杖でいきなり襲われたという。たまたま、番人が気づいて駆けつけて、難を逃れたが、その後も外出のたびに何者かに尾けられているそうだ。相手はまったくわからないとのこと。このままでは不測の事態を招くことにもなりかねず……」

「長谷川どの」

清左衛門が口をはさんだ。

「いや、待たれよ」

四郎兵衛は片手を上げて制した。

「小瀬直右衛門さまはお奉行と親しい間柄。その次男の難儀にぜひ手を貸してもらいたいとお奉行は頼まれたのだ」

「お奉行の私的な御用で？」

「お奉行も無下に出来なかったのだろう。それに、付け届けもだいぶいただいているのでな」

「それはわかりました。なれど、それは定町廻り同心に気を配ってもらえばよいことではありませんか。何も青柳どのに……」

「小瀬さまは密かに始末をしたいのだ」

「同心も秘密は守ります」

清左衛門はいつになく反発した。

「お奉行のご意向だ」

四郎兵衛はいらだったように言う。

「また、お奉行ですか」

清左衛門は不快そうに顔を歪めた。

「青柳どのにお伺いしよう。いかがだ？」

四郎兵衛は剣一郎に顔を向けた。

「お話を聞いた限りでは、私ごときがしゃしゃり出る必要もないと思いますが、ひとつお訊ねいたします」

「何か」

「これは小瀬さまのご一存での頼みごとでございますか。それとも、直次郎どのも承知のことでございますか」

「直次郎どのも承知のことだそうだ」

「なるほど。ということは、相手がわからないと直次郎どのは仰っているようですが、ほんとうは何か心当たりがあるのかもしれませんね」

「そこまではわからぬ」

四郎兵衛は首を横に振る。

「なんだか、青柳どのをその直次郎どのの用心棒にしようとしているのではござらんか」

清左衛門は不服そうに言い、

「直次郎どのはどのようなお方でござるか」

「次男であることとお名前しか聞いていない」

「聞いていない？　それでこのような頼みごとをなさるのは少し無責任ではござらんか」

その声を無視し、四郎兵衛は剣一郎に顔を向けた。

「青柳どの、引き受けていただけるな」

「……お引き受けいたしましょう」

「青柳どの」

清左衛門はため息をついた。

「頼んだ。小瀬さまの屋敷は小川町だ。一度、訪ねてもらいたい」

「わかりました」

「よし」

四郎兵衛は満足そうに言って立ち上がった。

「青柳どのがやるべきことではない」

清左衛門は顔をしかめた。

「父親の小瀬さまだけの頼みならお断りもいたしましょうが、直次郎どのの意向もあるとなると、事態は切羽詰まっているような気がいたします」

「どういうことだ？」

「直次郎どのはなぜ狙われているか、心当たりがあるのではないでしょうか。容易ならざる相手だと感じているのではないかと思います」

「だから、青柳どのを頼ったというわけか」

「はい」

「しかし……」

　清左衛門は厳しい顔になって、

「さっきも申したように、青柳どのは直次郎どのの用心棒になったも同然。もし、直次郎どのが殺されるようなことになったら、青柳どのの責任ということにされかねぬ。邪推かも知れぬが、長谷川どのにはその狙いもあるのではないか。うまくいけばお奉行の顔が立つ。失敗すれば青柳どのを窮地に追い込むことが出来る」

「宇野さま。考えすぎでございましょう」

　剣一郎は苦笑した。

「いや、そうとも言えぬ。おそらく直次郎どのは部屋住みにありがちな荒れた暮らしをしてきたのだろう。不行跡のために恨みを買っているに違いない。ある意味、自業自得であろう。助けるに値しない男かもしれぬ」

　清左衛門は勝手に想像して言い、

「……なれど、どんなに悪い輩でも命を奪われてもいいということにはならぬからな」

と、顔を歪めた。

「ともかく、直次郎どのに会ってみます」

「ご苦労だが、頼む。それにしても長谷川どのにも困った……。いや、長谷川どのはお奉行に命じられて動いているのだから、お奉行が青柳どのに頼り過ぎなのだ」

清左衛門はひとりでぶつぶつ言っていた。


昼過ぎ、剣一郎は黒羽二重の着流しに編笠をかぶって、小川町にある三千石の寄合小瀬直右衛門の屋敷の前に立った。

大きな長屋門の番小屋にいる番人の侍に、小瀬直次郎への取次ぎを頼んだ。

「青柳どのでございますか。どうぞ、玄関まで」

すでに話が通じていたようで、剣一郎は玄関に向かった。

用人らしき年配の武士が出てきたが、すぐその後ろから二十七、八と思える武士が現われた。眉根がつり上がって、鼻筋も通っている。唇が薄く、やや赤みがかっていた。

「その左頬の痣、青痣与力か」

若い武士は無遠慮に言う。

「直次郎さま」

用人らしい年配の侍はたしなめるように言う。

「俺の客だ。俺が応対する」

「青柳剣一郎にございます」

「よし、上がれ」

直次郎は用人に言い、さっさと奥に行こうとした。

剣一郎は腰の刀を抜いて式台に上がり、後ろに控えていた若い侍に刀を渡して直次郎のあとに従った。

裏庭の見える小さな部屋に通された。

「俺の部屋だ。遠慮はいらぬ」

だいぶ型破りな男だった。部屋住みの境遇が、心を少しひねくれさせてしまったのか。

剣一郎は差し向かいになった。

「天下の青痣与力が用心棒とは、なんと贅沢なものよ」

直次郎は笑った。

「用心棒でございますか」

「そうだ。用心棒だ。もっとも、そのように露骨には言っていないだろうが」

「お言葉を返すようですが、私は用心棒で来たのではありません」

「では、なぜ来た？」

「直次郎どのを付け狙っている者の正体を摑むためです。そのことが結果的にあなたの身を守ることに通じますが」

「言っておくが、青柳どのに用心棒を頼もうとしたのは俺ではない。父上だ。俺は最初は断っていたんだが……」

「何かおありでしたか」

「いや。それより、俺を付け狙っている者をどうやって見つけるのだ？」

直次郎は口元を歪めてきいた。

「直次郎どのからお聞きするしか手立てはありませぬ」

「ばかな。俺に心当たりはない」

「そんなはずはありますまい」

「なに？」

「心当たりがなければ、あなたは私に頼みごとなどしようとは思わないのでは？」

「…………」

「いかがですか」

「さすが青痣与力だ」

直次郎は顔をしかめた。

「どうぞお話し願えますか」

「いくつもあるのでわからない」

直次郎は不貞腐れたように言う。

「全部、話していただけますか」

「話したくない」

「それでは敵の正体を見つけることは出来ません」

「うむ」

「敵はあなたの命を狙っているのです。あなたを襲った行脚僧は、おそらく殺しを生業（なりわい）にする者でしょう」

「…………」

「殺し屋であれば何度でも襲ってくるでしょう。仮に殺し屋を倒しても、また新たな殺し屋を送り込んでくるかもしれません。雇った者、すなわちあなたに恨みを持つ者を見つけない限り、いつまでも狙われることになるかもしれません」

剣一郎は説き伏せようと、

「聞いたことを誰にも話したりはしません。だから、すべてお話しください」

「…………」

直次郎は俯いていたが、ようやく顔を上げた。

「もうしばらく待ってくれ」

「もうしばらくとはいつまでですか」

「二、三日だ。気持ちの乱れを整えてから話す」

「いいでしょう」

おそらく何か口では言えないひどいこともやったのだろう。それだからこそ、相手は殺し屋を遣わしたのだ。

「では、三日後にまたお邪魔します」

剣一郎は立ち上がった。

部屋を出たとき、廊下で先ほどの用人が待っていた。

「青柳どの。殿がお目にかかりたいとのこと」

「わかりました」

　剣一郎は用人のあとに従い、客間に行った。

　ほどなく、五十過ぎの大柄な武士が入って来た。剣一郎は平身低頭で迎えた。

「小瀬直右衛門だ。さっそく来てもらってご苦労であった」

「はっ」

「直次郎は何者かに命を狙われているのだ。直次郎から聞いたと思うが、半月ほど前に屋敷の近くで襲われた。家来がかけつけて事なきを得たが、相手はかなりの遣い手だということであった。その後も尾行されているようだった。何者がそのような真似をしているのか探りたくて、青柳どのの手を借りようと思ったのだ。かねがね青柳どのの評判は聞いていたのでな」

「恐れ入ります」

　剣一郎は顔を上げ、

「直次郎どのを襲ったのは殺し屋でございましょう。殺しを頼んだ者を見つけ出すには、直次郎どのといっしょになって探らねばなりません。直次郎どのがその気になってくだされば、その者を見つけ出すことはさして難しいことではございません」

「うむ」

直右衛門は難しい顔をして、

「その者が直次郎を殺そうとしたのは、それだけの恨みがあるからであろう。原因は直次郎の不行跡にあるということだ。なんとか、そのことが表沙汰にならないようにしてもらいたい」

「わかりました。そのようにいたします。なれど、恨みを買ったことに直次郎どのに非があったのであれば、それなりの責任を取ってもらわねばなりません」

「責任？」

直右衛門は眉根を寄せた。

「はい。どのような形になるかはわかりませんが」

「わしがそなたに頼むのは、直次郎を殺そうとする輩を見つけて捕らえてもらいたいというだけだ。そこまでは不要だ」

「いえ、殺しを頼んだ者は何があって殺し屋を仕向けたのか。そのことを調べるのは当然です。逆恨みか、直次郎どのに非があるのか……」

「そこまではさせぬと言ったら？」

「このお役目、ご辞退させていただきます」

直右衛門の眉がぴくりと動いた。

「辞退とな」

「はい。私に任せるのであればそこまでいたします。それを望まぬのであれば、どうか他の者に」

「なるほど。さすが、青痣与力だ。一歩も引かぬとは……」

直右衛門は苦い顔をし、

「直次郎に三年前、いい養子先が見つかりかけたことがあった。直次郎もたいそう乗り気になっていたが、先方の都合で取りやめになった。それ以来、直次郎は自棄になったのか、荒れだした。町のよからぬ連中とつるんで……。止むを得まい。青柳どのにすべて任せる」

「わかりました。このことをきっかけに、直次郎どのが心を入れ替えることが出来るよう尽力いたします」

「頼む」

直右衛門は直次郎のことをずいぶん気にかけているようだ。部屋住みの身でいる直次郎を不憫に思い、甘やかしてきたのではないかと剣一郎は思った。

剣一郎は直右衛門の前から下がり、再び用人の案内で玄関に向かった。刀を受け取り、用人に見送られて、剣一郎は小瀬の屋敷から引き上げた。

五

その日の昼前、平四郎と久助は深川仲町の料理屋『ひらかわ』を訪れ、女将と会った。

「きのうの話では、宗匠頭巾の男といっしょにいた客は、日本橋本町の『春木屋』の主人だったな」

久助が切り出す。

「はい。そう仰っていました」

女将は不審そうに答える。

駕籠かきの信三と茂太から宗匠頭巾の男は『ひらかわ』の客だったと聞いたあと、『ひらかわ』を訪ね、宗匠頭巾の男といっしょにいた客について訊いたのだ。客は四十年配で日本橋本町の『春木屋』の主人だと名乗っていたという。

「ところが、『春木屋』の主人は知らないと答えたんだ」

「えっ？」

「『春木屋』の主人は大柄で肥った男だ」

「いえ、うちにいらっしゃったのは小柄なお方でした」

「どうやら身許は嘘だったようだ」

「まあ」

女将は呆れたように目を見開いた。

「はじめて上がった客だな」

平四郎が訊く。

「はい。ふたりともはじめてです」

「別々に来たのか」

「いえ、ふたりいっしょでした。何か大事な話があったらしく、女中たちも寄せつけず、ふたり切りでお話をなさっていました」

「ふたりの話で小耳にはさんだことはないか」

「いえ。私たちが顔を出すと、すぐに話を止めてしまいましたので」

「宗匠頭巾の男は駕籠で引き上げたが、『春木屋』の主人と名乗った男は駕籠ではなかったのか」

「船宿まで歩いて舟で帰ると仰っていました」

「舟か。で、どっちのほうに歩いて行った？」

「黒江町のほうです」

「誰かがその男のあとを尾けていった気配はなかったか」

「いえ、なかったと思います」

「ふたりのことで他に何か気づいたことはないか」

「特には」

女将は首を横に振った。

「何でもいい。思い出したことがあったら自身番に声をかけてくれ。俺が飛んでくる」

久助は女将に声をかけた。

『ひらかわ』を出て、外で待っていた久助の手下を伴い、黒江町に向かった。

途中、木戸番屋に寄って、久助が番太郎に声をかけた。

「ちと訊くが、三日前の夜五つ（午後八時）過ぎ、四十年配の小柄な商人ふうの男を見かけなかったかえ」

「三日前の夜ですかえ。そういえば、羽織姿の小柄な男を見かけましたね。永代橋のほうに向かいましたぜ」

「永代橋のほう？」

「そうです。足早に歩いて行きました」

「どこかの船宿に向かうような様子ではなかったか」

「ありませんでしたね。船宿に行く路地を通りすぎていましたので」

「そうか。邪魔をした」

　ふたりは木戸番屋を離れた。

「もうひとりの男は歩いて引き上げたんでしょうか」

　久助が言う。

「あるいは、用心してもっと離れた船宿に向かったか」

　平四郎は答える。

「そうですね。念のために、仙台堀(せんだいぼり)か小名木川(おなぎがわ)沿いにある船宿を当たってみましょうか」

「そうしてもらおう。それにしても、殺された男たちの身許がいまだにわからないのが不思議だ。知り合いだっているだろうに」

「名乗り出られないのでしょうか」

「そうだとしたら、仲間を見捨てたことになるな」

平四郎は不快そうに言う。

「名乗り出てくれれば、ふたりが何のために宗匠頭巾の男を尾行していたかを訊ねられる。ふたりが理由もなくあとを尾けたわけではあるまいからな」

平四郎はふと何やら胸騒ぎがした。探索は行き詰まりはじめている。そんな気がしたのだ。

船宿を当たってみるという久助、手下と分かれ、平四郎は永代橋を渡った。

奉行所の門前に着くと、ちょうど臨時廻り同心の太田勘十郎が出てきたところだった。

「太田さま」

平四郎は挨拶をした。

「平四郎。きのう、近間どののところに寄ったら、そなたに会いたいと言っていた。いつも、そなたのことを気にかけている。早いとこ、顔を出してやれ」

近間宗十郎の見舞いのことだ。

「わかりました。きょう、この後行ってみます」

「うむ、口うるさいお方だから耳の痛いことを言われるだろうが、そなたのためを思ってのことだ」

「はい。承知しております」

平四郎は頷いた。

平四郎は奉行所に寄って、まだ鉄砲洲稲荷裏で殺された男たちの身許について何の問い合わせもないことを確かめてから、すぐに奉行所を出た。

一刻（二時間）後、平四郎は橋場にある植木職の友蔵の家にやって来た。近間宗十郎はこの家の離れで養生している。

宗十郎が定町廻り同心時代、事件に巻き込まれたこの家の主人を助けてやったことが縁で付き合いが続き、宗十郎が病気になったときに離れを差し出したのだという。

ここで養生をはじめて一年になる。

鉢植えなどが置いてある庭に入り、戸口に立った。

「ごめん」

平四郎は呼びかけた。

土間から中年の女が出てきた。友蔵の女房かもしれない。

「定町廻り同心の只野平四郎と申す。こちらに近間さまがいらっしゃると聞いてきたのだが」

「はい、いらっしゃいます。ご案内しましょう」

　女は庭を通って母屋(おもや)の裏に回った。庵(いおり)のような離れがあった。

　戸口ではなく、女は濡れ縁に向かった。

「近間さま。お客さんです」

　女は濡れ縁に上がって障子の向こうに呼びかけた。

「入ってもらってくれ」

　掠(かす)れたような声が聞こえた。

「どうぞ」

　女が上がるように言う。

「ここからでいいのか」

　平四郎は確かめる。

「構(かま)いません」

「では」

　平四郎は腰の刀を鞘ごと抜いて、濡れ縁に上がった。

　女も上がって障子を開けた。ふとんに横たわっている老人がいた。近間宗十郎だった。かなり痩せていた。まだ五十前のはずだが、もっと老けて見えた。

女は部屋に入り、枕元に座って宗十郎が体を起こすのを手伝った。半身を起こした宗十郎に羽織を着せ掛けた。

「平四郎か。よく来た」

「ご無沙汰いたしております」

平四郎は頭を下げる。

「お加減はいかがですか」

平四郎はそうきいたが、宗十郎は衰弱が目立った。

「なんとか生き長らえているという按配だ」

「そんな気弱なことを仰らないでください」

「いや、わしの命が尽きるのもまもなくだ。長くて半年、早ければひと月保つか……」

宗十郎は弱々しい声で言う。

「そんな気の弱いことを」

もう一度、平四郎は同じことを言ったが、どう励ませばいいかわからなかった。

「いや、残念ながらそこまでだ。今は毎日のように死神が顔を出している。そのたびに、もう少し待てと追い返しているが、いつまでもというわけにはいくまい」

「…………」

「わしはもはや思い残すことはない。ただ、ひとつ心配なのがそなたたち定町廻り同心の力不足だ」

宗十郎が毒舌を吐き出した。

「青柳さまのご出馬によって解決した事件がどのくらいあるかわかるか」

「……かなりの数かと」

「わしの心残りはそのことだ。定町廻り同心だけでなぜ解決出来ないのか。なぜ、青柳さまのお手を煩わせなければ……」

「近間さま。我らも精進して参りますゆえ、ご安心を。それより、そのようにお怒りになってはお体に障りましょう。どうか、お心穏やかに……」

「わしをこんなにいらだたせているのはそなたたち廻り方の者だ。そなたたちがしっかりしていれば、わしとてこのようなことを口にせずに済むのだ」

「申し訳ございません」

「いや、つい気が高ぶってしまった。せっかく来てくれた早々に文句を言うなど、わしも困ったものだ。どうも年のせいか、小言が多くなった」

　宗十郎は苦笑した。

「ただ、もう少ししっかりしてもらわぬと、わしも安心して旅立てぬ」

「はい。肝に銘じまして」

　平四郎は宗十郎が口うるさいことは知っていたが、これほど激しく言われたのははじめてだった。

　年のせいではなく、病気のなせることか。だが、言っていることは的を射ている。難事件を定町廻り同心だけで解決する力はない。最後は青柳さまに頼らざるを得ないのが実情だ、と平四郎も思っている。

「そなたの父親は有能な定町廻りだった。父親に負けぬ同心になるのだ。よいな」

「はい」

「力んだせいか、疲れた。横にならせてもらう」

　平四郎が手を貸そうとしたが、

「だいじょうぶだ」

と言い、宗十郎はゆっくりした動きで横になった。

腕も首もずいぶん細くなった。かつてのたくましい体つきの近間宗十郎はすでにいなかった。

宗十郎は同心たちを順番に呼んでいると、太田勘十郎が言っていた。叱咤と同時に、ひとりひとりに別れを告げているのかもしれないと思った。

そう思ったとき、胸の底から突き上げてくるものがあり、思わず嗚咽を漏らした。

「平四郎」

「はい」

「わしはまだ死んでおらぬ」

「申し訳ございません」

「よいか。わしがいなくなったあとも、人々が安心して暮らせるように身を粉にして働くのだ」

「はい」

宗十郎の目がしょぼついてきたので、

「近間さま。そろそろ失礼いたします」

と、声をかけた。

「ああ、帰るか」

宗十郎は目を開けた。

「はい」

平四郎は答えてから、

「ご家族の方は？」

「ときたま伜や嫁が顔を出す。だが、昔からわしの下で働いてくれていた弥助という男がやってきて世話をしてくれている」

「そうですか。では、またお邪魔いたします」

「うむ、きょうはすまなかったな」

宗十郎は掠れた声で言った。

平四郎は母屋に顔を出し、友蔵の女房に宗十郎のことを頼んで外に出た。

平四郎は宗十郎のあまりの変わりように胸が痛んだ。本人も悟っていたように、死期が迫っていることは平四郎にも察せられた。

ふと冷たいものが頬に当たった。見上げると白い物が舞っていた。頬に当たってすぐに溶ける。

無性に寂しかった。近間宗十郎が病に罹って臨時廻り同心を辞したことで、平四郎が定町廻り同心になることにつながった。

近間宗十郎はついに病を克服出来なかった。

平四郎は橋場から今戸に差しかかった。そのとき、背後から追いかけてくる者があった。旦那と呼ぶ声に聞き覚えがあった。

平四郎は立ち止まって振り返った。久助と手下が走ってきた。

「やっぱり旦那だった」

久助が間近に来て、

「旦那、どうしてここに？」

「それはこっちの台詞だ。こっちに何しに来たのだ？」

平四郎は訝しく思って訊いた。

「例の男ですよ」

久助が真顔になって、

「『春木屋』の主人を名乗った男は小名木川沿いにある船宿から舟に乗って橋場に行ったそうです。それで、深川からここまでやって来たってわけです」

「そうか」

「夜のことで、男が舟を降りてどこに行ったのか見ていた者はいませんでした。ですが、あの男の住まいがこっちにあるのは間違いありません」

「なるほど」

「で、どこかの寮か、あるいはあの男の妾の家があるんじゃないかと思ったんです。でも、見つかりませんでした」

「そうあっさりとは見つからんだろう。でも、そこまで突き止めたのは上出来だ」

「へい」

「まだ、殺された男たちの身内や知り合いは名乗り出てこない。おそらく、名乗り出られないのだろう。そっちに期待が出来ない今、宗匠頭巾の男といっしょにいた男が橋場辺りに縁があるとわかったのは大きい」

「へい。もう少し、この辺りを捜してみます」

「そうしてもらおう」

「ところで、どうして旦那はここに？」

「近間宗十郎さまの見舞いだ。植木職の家の離れで養生しているのだ」

「旦那が定町廻りになるきっかけを作ってくださったお方ですね」

「意識してそうしたわけではないが、結果からしてそうとも言えないことはない。ほんとうに押し上げてくれたのは青柳さまだ」

「そうでしたね」

　久助は大きく頷く。

「だが、俺が定町廻り同心になったあと、近間さまは常に俺のことを気にかけてくださったのだ。だから、俺にとっては恩人のひとりだ」

　やつれた宗十郎の姿を思い出し、平四郎は深くため息をついた。

「近間さまのご容体は？」

　久助は心配そうにきいた。

　平四郎は首を横に振り、

「かなり衰弱されていた。近間さまはご自分で保って半年、早ければあとひと月だろうと仰っておられた」

「そうですかえ」

「だが、心気は衰えていない。掠れた声だったが、俺たち同心を叱咤していた。この件、無事解決させて報告する。それが近間さまへの恩返しになる」

　この手で下手人を捕まえる、と平四郎は改めて誓った。

第二章　開運白蛇（はくじゃ）

一

築地南小田原町の小商いの店（たな）が並ぶ通りに、今戸焼（いまどやき）の土器（かわらけ）を売る店が開店して三日になる。

店先には火鉢や瓶（かめ）、土間には台を置いて、うさぎや亀などの土人形が飾られている。

信三と茂太が大八車（だいはちぐるま）を曳（ひ）いて今戸から仕入れてきたものだ。

この商売を思いついたのは藤吉だった。信三と茂太は藤吉から築地の家を使っていいと言われた。さらに何の商売をするか考えあぐねていると、今戸焼の土器を売ったらどうだと言い出したのだ。

築地本願寺の参詣客相手の土産物屋としてはじめたのだが、信三は売れるかどうか自信がなかった。

まだ三日だが、客はほとんどと言っていいほど来ない。

暗くなって、信三が雨戸を閉め終えたとき、藤吉がやって来た。

「藤吉さん」

気がついて、信三は頭を下げた。

「どうだえ」

「はい。まあ、これからってところで」

信三は答える。

大柄なたくましい体に茶の格子の着物を着ているが、まだ様になっていない。商人には見えないのは茂太も同じだった。

藤吉は部屋に上がって、

「じつはこんなものがあるんだ」

と、懐から手拭いに包んだものを取り出した。

「なんですかえ、それ？」

信三は覗き込む。手のひらに白い物が載っている。

「蛇ですかえ」

「そうだ。白蛇だ。以前、今戸の土産物屋で売っていた。土の色のままだが、俺はそれを買って絵師に白く塗ってもらってお守りにしていた。店に今戸焼を並べていても目玉になるものがない。それで、こいつを縁起物ってことにして置いておくのだ」

　藤吉は笑みをたたえて言う。

「確かに白蛇は縁起物と言いますが」

　茂太が口をはさむ。

「そうだ。願いを叶える幸運の白蛇として宣伝するんだ」

　信三は手にとってみる。とぐろになった小さな蛇だ。

「昼間、その職人のところに行ったら、蛇の置物が売れずにかなり残っていた。それを仕入れ、白く色をつけて店の真ん中に置くんだ。もちろん、売れないかもしれない。それでもいい。客の目を引くための仕掛けだ。ともかく、これを店に置く。『幸運の白蛇』としてな。ただし、値段は高くな」

「高くですか」

「安っぽく見せないで、高値で売るんだ」

「売るというより宣伝のためですかえ」

「買ってくれたら儲け物と思えばいい。そうだな、値は三百文だ」

「三百文？」

思わずきき返す。高価な鰻を食っても釣りがくる。そんな高いものを買う客などいないだろうと思ったが、確かに宣伝にはなるかもしれない。

「さっそく明日から置いてみな」

「わかりました」

信三は頭を下げた。

「それから今戸の職人は重助という男だ。今戸橋の近くにある土産物屋できけば重助の住まいを教えてくれるはずだ。話はつけてあるから残っているものをもらってくるんだ」

「へい」

「紙と硯を持って来てくれ」

藤吉は言い、信三が硯と筆に半紙を持ってくると、紙にさらさらと文字を書いた。

開運白蛇と大きく書き、ふたりに見せた。

「これを店先に貼っておけ。明日は朝のうち、今戸まで行って蛇の置物を仕入れてこい」

「わかりやした」

「夜には白の顔料を持ってくるから、そいつを塗るんだ。そして、目と口に朱を入れる」

「へい」

「よし」

藤吉は頷いてから、

「どうだ、ここでの暮らしは？」

と、話題を変えた。

「へえ、申し分ありません。駕籠かきで体を痛めるより、何十倍もいいですぜ」

茂太が応じる。

「そうか。いつも外を歩き回っているふたりが、店番で一日を終えるのは退屈じゃねえかと心配したんだが」

「そんなことありませんぜ」

茂太が大仰に手を横に振って、

「まだ数日しか経っていませんが、重たいものを担いで歩き回る暮らしから解放されて、喜んでます」

「そうか。それならいい。いいか、しっかりと策を考えて、お客にまっすぐ伝えて誠実につとめれば、うまくいかない商売なんてない。くさらずにやれよ」

「藤吉さん」

　信三は不思議そうに口を開いた。

「どうしてあっしたちにこんなによくしてくれるんですかえ」

「別にわけなどねえ」

「でも」

「まあ、何かの縁ってやつだ。俺もこの家を何もせずに遊ばせておくのはもったいないと思っていたところだった。ちょうどよかったのだ」

　藤吉はいったい何をしているのか、さっぱりわからない。しかし、金はだいぶあるようだし、家も何軒か持っているようだ。なにをすれば、そんなに儲かるのか。そのことが知りたかったが、そこまできくことは出来なかった。

　鉄砲洲稲荷裏の殺しは藤吉の仕業であろう。藤吉の鋭い目の奥には何が潜んでいるかわからない無気味さがあるが、少なくとも信三と茂太には好意的だった。

「じゃあ、俺は引き上げる」

藤吉は立ち上がった。

「えっ、もう？」

信三は驚いてきく。ここは藤吉さんの家ですぜ、と喉元まで出かかった。

「前も言ったように、俺とおめえたちは関係ない。俺がここに顔を出すのはこの商売が順調にいきはじめるまでだ。見送らなくていいぜ」

藤吉は家を出て行った。

「不思議なひとだ」

茂太が首を傾げ、

「いったい、何をしているんだろうか」

「まっとうなことではないことは確かだ」

信三は言い、

「盗っ人か騙りか……」

「そうかもしれねえな」

「それ以上、考えるのはやめよう。藤吉さんは俺たちを仲間に引き入れようとはしない。あくまでも他人を通すと言ってくれているんだ。藤吉さんのことを何も知らないほうがいい」

信三は自分自身にも言い聞かせるように言った。

「そうだな」

「よし、飯を食いに行こう」

「わかった」

ふたりは近くにある一膳飯屋に向かった。


翌朝、店を開き、昨夜藤吉が書いた『開運白蛇』の半紙を店先に貼って、店の真ん中に三方を置き、その上に白蛇の置物を載せた。

「じゃあ、行ってくる」

茂太が言う。

「ひとりで大丈夫か」

「なあに、駕籠に比べたら楽だ」

茂太はひとりで大八車を曳いて今戸に向かった。

『開運白蛇』の貼紙が効いたのか、三人の客がやって来て、店を覗いた。興味深そうに白蛇を見ていた。

だが、三人とも何も買わずに引き上げた。

それから築地本願寺の参詣の帰りらしいふたり連れが店に寄った。白蛇を見ていたが、何も買わずに帰って行った。

その後、近所の商家の内儀(おかみ)さんが火鉢を探しに来た。

「ありがとうございます」

信三は大きな声で礼を言った。

はじめて商品が売れたのだ。その客を外まで見送って店に戻るとき、『開運白蛇』の貼紙を見て、この白蛇はほんとうに幸運をもたらしてくれるのではないかと思った。

昼過ぎに、茂太が大八車を曳いて戻ってきた。こもで包まれた荷を積んでいた。

「ごくろうさん」

ふたりで荷をおろし、家の中に運び入れる。

中を見ると、埃(ほこり)だらけの土人形がたくさんあった。売れずにどこかに放り出してあったのだろう。

「白の顔料で色をつけるのだな」

「そうだ」

そのとき、店先で声がした。

「客だ」

信三は出て行った。

職人ふうの若い男が白蛇の置物を見ていた。

「これ、ほんとうに運が開けるのか」

男がきいた。

「ええ、間違いありません」

「でも、高えな」

職人は尻込みするように言う。

「なにしろ、運が開けるものですから」

信三は、この置物を置いてから客が一気に来るようになったので、その威力を信じていた。だから、自信を持って勧めた。

「私もこの白蛇を手にしたあと、あっという間に店を持てるようになったんです」

「ほんとうか」

男が目を輝かせた。

「ほんとです。昔から白蛇は縁起がいいって言いますが、この置物はさる高僧の祈念が込められているんですから」

信三は調子に乗って作り話をした。

「よし、それをもらおう」

「ほんとうですすかえ」

信三は驚いた。

「三百文はちと高いが……」

そう言いながら、男は巾着から三百文を取りだした。

「また、お出でを」

信三が男を見送っていると、茂太が近づいてきて、

「売れたのか」

と、呆れたようにきいた。

「ああ、驚いたぜ。あんなものに三百文を払うなんて」

「まさか、買う奴がいるなんて」

それから、暗くなって店を閉めるまで客はひとりも来なかった。

「白蛇がいなくなったからか」

信三は茫然と呟いた。

昨夜と同じに暗くなってから、白い顔料を持って藤吉がやって来た。

「どうした？」

「売れましたぜ」

信三が言う。

「白蛇か」

「そうです」

「やはりな」

藤吉はにやりと笑った。

「売れると思っていたんですか」

「この近辺の武家屋敷で賭場が開かれている。だから、賭場に行く者が験をかついで買い求めるかもしれないと踏んだんだ」

「そういえば、あの職人体の男は今夜賭場に行くつもりだったのかもしれない」

信三はなんとなくそんな気がしたが、そのことより重大なことがあった。

「それより、白蛇を三方に載せて店の真ん中に置いてから客がたくさんやって来たんですよ。ところが、その客が白蛇を買って行って三方に何もなくなったら、ぴたっと客が来なくなったんです」

「偶然だろう」

茂太が口を入れる。

「いや、偶然ではないかもしれぬぞ」

本気で言っているのかどうか、藤吉はにやついた。

「ともかく、その蛇の土人形を白く塗るんだ」

「へい」

その夜、信三と茂太は遅くまで土人形を白く塗っていった。

翌朝、白蛇を三方に載せて店の真ん中に置いた。そして、その周辺にも白蛇を配置して並べた。

朝のうちは客が来なかったが、四つ（午前十時）を過ぎて、立て続けに客がやって来た。やはり、『開運白蛇』の貼紙を見たらしく、三方の白蛇に目をやった。

「こんなものが三百文か」

白髪（しらが）の目立つ男がぶつぶつ言う。頑固（がんこ）そうな顔をしている。

「ある高僧の祈念が入っていますので」

信三は平然という。

「高僧って誰だ？」

容赦（ようしゃ）なくきく。

信三はあわてた。そこまで考えていなかったので、いい加減な名を口にした。

「真言密教（しんごんみっきょう）の連行法師（れんぎょうほうし）だと聞いています」

別のふたり連れが入ってきた。やはり、白蛇を見たが、値段を知って呆れ返っていた。

そこにまた新たな客がやってきた。

「ご亭主」

その客が声をかけた。

「あなたは昨日の？」

きのうの職人ふうの男だった。

「そうよ。おかげで儲けたぜ。一言、礼が言いたくてな」

「さようでございますか。それはよございました」

信三はすっかり商人が板についたように言う。

「やっ、きょうはずいぶん並んでいるな」

男は白蛇の置物を見て言う。

「はい。多くのお方に幸運をお分けしたいと思いましてね」

「そうかえ。でも、賭場に行く者には売らないでもらいてえな。勝つ者が増えたらこっちが割を食っちまう」

「なんでえ、さくらか」

白髪の男が口を歪めた。

「なに、さくらだと？　冗談じゃねえ。俺はそんなけちなことなどするものか。大きな声じゃ言えないが、俺はきのう賭場に行く前にたまたま通り掛かったら、『開運白蛇』って貼紙が目に入って、店を覗いた。で、ご亭主に勧められてためしに買ってみたんだ」

「どうだったんだ？」

「いや、自分でも信じられねえが、はじめての大勝ちだ」

「ほんとうか」

「嘘なもんか、ほれ」

男は懐に手を入れて飛び跳ねた。小判のかち合う音がした。

店先に数人が立って職人体の男と白髪の男のやりとりを聞いていた。やはり、白蛇の置物は幸運をもたらしてくれると、信三は商売繁盛の予感に心をときめかせた。

二

剣一郎は三たび、黒羽二重の着流しに編笠をかぶって小川町にある三千石の寄合小瀬直右衛門の屋敷を訪れた。

裏庭の見える小瀬直次郎の部屋で、剣一郎は直次郎と差し向かいになる。

「きょうは話していただけますね」

剣一郎は強く迫った。

最初に訪れたとき、直次郎は二、三日したら自分の不行跡を話すと約束した。だが、三日後に訪ねても、まだ気持ちの整理がついていないということで今日に先延ばしになっていたのだ。

「誰にも話さぬと約束してくれるのであろうな」

「もちろんです。この胸に留めておきます」

剣一郎は自分の胸に手を当てて言った。

「信じよう」

直次郎は苦しそうな顔で言った。

「俺に殺すほどの恨みを持っているので思い当たるのは、おせつの近くにいる者だ」

「おせつ？」

「富岡八幡の境内にある水茶屋の茶汲み女だった。仲間と、よくそこに行った。もちろん、おせつ目当てだ」

「お仲間というのは？」

「深川にたむろしている連中だ」

「無頼漢どもと付き合いがあったのですね」

「俺に似つかわしい連中だよ」

直次郎は自嘲ぎみに言う。

いくら部屋住みとはいえ直参の矜持はないのかと口にしたかったが、今は直次郎の口から話を聞くのが先決だ。

「それで」

剣一郎は先を促した。

「仲間は俺のために、おせつを騙して料理屋に連れ出してくれた。俺はそこでおせつを口説いた。だが、おせつは拒んだ。許婚がいると言っていた。許婚の話を聞いて俺はかっとなった。泣きながら許してと訴えるおせつを強引に……」

「手込めにしたのですか」

「そうだ。だが、済んだあとも泣いているおせつを見て、俺は興ざめした。あれほどおせつに焦がれていたのに」

直次郎は口元を歪め、

「だから俺は言った。もう、そなたの前には現われぬ。このことは誰にも言わぬ。だから、許婚にも黙っていればわからぬ。そう言ったのだ。なのに……」

直次郎は深くため息をつき、

「数日後に大川に身を投げたんだ。それだけじゃない、娘の弔いが終わったあと、病の父親が首をくくったそうだ」

「………」

酷い、と剣一郎は胸がふさがれた。

「いつのことですか」

「三月前だ」

「八月ごろですか」

「そうだ。おせつの母親か許婚のどちらか、あるいはふたりが組んで殺し屋を雇ったに違いないと思った」

「直次郎どのはふたりを調べたのですね」

「仲間が調べた。だが、そのふたりではないようなのだ。それに、すでに頼みは殺し屋に伝わっているのだ。あのふたりが殺し屋を雇っていたとして、あとはどうなるか待つだけだからな」

「お仲間の名前を教えていただけませぬか」

「断る」

「なぜ、ですか」

「信義の問題だ。それに、仲間の名を知ったところで殺し屋がわかるはずない」

「お仲間は、あなたが殺し屋に狙われたことを知っているのですか」

「知っている。だが、あの者たちには何も出来ぬ」

「殺し屋を知る手掛かりは頼んだ者からきくしかないということですね」

「そうだ」

「おせつの住まいと、許婚の名前を教えていただけますか」

「入船町だ。長屋の名前は知らぬ。許婚は材木問屋の『杉田屋』の彦太郎って男だ」

「わかりました」

剣一郎はおせつの住まいと許婚の名前を頭に入れてから、

「直次郎どの」

と、口調を改めた。

「なんだ?」

「今のお話に嘘、偽りはありませんね」

「ない」

直次郎は怒ったように言う。

「では、まだ言っていないことは?」

「ない」

「私には気になることがあるのですが」

「なんだ?」

「小瀬さまがあなたのことを心配して、早くから私に調べを頼もうとしていたのに、あなたは断ってきたそうですね。それなのに、なぜここに来て、私に頼むことを聞き入れたのですか」

「我慢の限界がきたからだ。このままでは屋敷の外に自由に出られない。だから、青柳どのに調べを頼んだのだ」

「それだけですか」

「そうだ。他に何か理由があるとでも言うのか」

「ほんとうにないのですね」

「ない」

「もうひとつお訊ねします」

「なんだ」

「おせつ以外に何か不行跡を働いていませんか。相手が旗本の子息だからということで泣き寝入りをした者はいませんか」

「…………」

「どうなのですか」

直次郎は顔を逸らすように庭を向いた。考えているのか。

やっと顔を戻した。

「よもやとは思うが……俺を恨んでいる者は他にもいる」

「誰ですか」

「そば屋の亭主だ。筋違橋(すじかいばし)の袂(たもと)に出ていた屋台のそば屋に数人で入り、そばを食った。だが、金を払わず帰ろうとしたら亭主が金を払えと言ってきた。そのとき、仲間のひとりが旗本の子息に向かって金を払えと言うのかと怒鳴(どな)った」

一拍の間を置いて、直次郎は続けた。

「仲間が亭主を袋叩(ふくろだた)きにし、屋台をひっくり返して……」

「なんということを」

剣一郎は腹立たしくなって、

「そのようなことをして、あなたは恥ずかしくないのですか」

「俺は直接は手を出していない」

「あなたが後ろ楯(だて)になっているから、お仲間はいい気になって好き勝手しているのではありませんか。仲間がやったことはすべてあなたの責任です」

剣一郎は叱(しか)りつけた。

「その後、そのそば屋の亭主はどうしたかご存じですか」

「それからも商売をしていた」

直次郎は不貞腐れたように言う。

「あなたはどう思うのですか」

剣一郎は訊く。

「何がだ？」

「そば屋の亭主が殺し屋を雇ったのかどうか」

「俺を憎んでいるだろうが、殺し屋を雇うほどの金はないはずだ。だから、そば屋の亭主ではないと思う」

「そば屋の亭主のことも調べたのですね」

「調べた。ひとり暮らしだそうだ」

「念のために調べてみます。住まいは？」

「聞いていない。でも、今も屋台が出ているからそこに行けばいい」

「わかりました。以上ですか」

「そうだ」

「何か言い忘れていることは？」

「ない」

「そうですか。では、調べてみましょう」

剣一郎は立ち上がったが、ふと思い出して、

「あなたが殺し屋と対峙したのは何度ですか」

「一度だけだ。行脚僧の姿で俺に襲いかかってきた」

「腕は？」

「かなりの腕だ。当家の家来たちも太刀打ち出来なかった」

「妙ですね」

「妙？　何がだ？」

「殺し屋はなぜ、このお屋敷の前で襲ったのでしょうか」

「………」

「あなたのあとを尾けて屋敷から遠ざかって襲えば、ご当家のご家来衆の援けもなく、あなたを仕留められたはず。いや、援けがあったとしてもご家来衆を蹴散らしてあなたを襲うことが出来たはずでは」

「………」

「そのことが解せませぬ」

剣一郎は直次郎に目を向け、

「直次郎どのに何か思い当たることは？」

「ない」

直次郎は不機嫌そうに言った。

「それではさっそくおせつの身内に当たってみます」

剣一郎は挨拶して立ち上がった。


小瀬屋敷のある小川町から神田川に出て、須田町の木戸番屋に寄った。

荒物の他に、焼き芋も売っていた。編笠をとって、番太郎に声をかける。

「これは青柳さまで」

番太郎は腰を折った。

「筋違橋の袂に屋台のそば屋が出ているそうだが知っているか」

「はい。卯助とっつあんの屋台ですね」

「卯助というのか。住まいはわかるか」

「岩本町だと言ってました」

「卯助がならず者に暴行を受け、屋台までひっくり返されたことがあったそうだが、知っているか」

「小瀬直次郎って旗本の次男坊の仕業ですね。同心の植村さまが小瀬直次郎に掛け合ってくれたのですが、しらをきられてだめだったそうです。卯助とっつあんは悔しがっていましたよ」

この界隈を持ち場にしているのは植村京之進だった。

「相手は卯助とっつあんが部屋住みだとばかにしたので許せなかったと言っていたそうです。無礼討ちにされなかっただけでもありがたいと思えとも言われたとか」

番太郎も自分のことのように悔しがった。

「そうか。邪魔をした」

礼を言って木戸番屋を出た。

岩本町に向かいかけたとき、京之進が八辻ケ原のほうに向かって歩いて来るのが見えた。

「青柳さま」

京之進が近づいてきた。

「ちょうどよいところに」

剣一郎は思わず微笑んだ。

「何か私に?」

「うむ。どこへ行くのか」

「はい。佐久間町です」

「そうか。では、そっちに足を向けながら聞こう」

そう言い、柳原の土手に向かって歩きだした。

「筋違橋の袂で屋台のそば屋をしている卯助という男を知っているな」

剣一郎は切り出す。

「はい。卯助が何か」

「旗本の小瀬直次郎が仲間のならず者とともに卯助に暴行をし、屋台を倒すという狼藉を働いたと聞いたが？」

「はい。食い逃げをしようとしたのを引き止めたら理不尽な暴行を受け、屋台を倒され、そばや汁がこぼれて商売にならなくなりました」

「そなたが訴えを聞いて、小瀬直次郎に談判に行ったということだが」

「はい。小瀬直次郎は卯助が悪いのだと言い張り、埒が明きませんでした。我ら町方のことも一段下に見ていて、まったく話にならず……」

「では、泣き寝入りか」

「いえ、お父上の小瀬さまに話が通り、ご用人どのがやってきて弁償してくださいました」

「なに、直右衛門さまが?」

「はい。卯助もそれで気が治まったようです」

「そうだったのか」

「ただ、直次郎どのにはこの話は伝わっていないはずです。ご用人どのは直次郎どのには内聞にとのことでしたので」

「なぜか」

「直次郎どのの非を認めたことになるからでしょう。なにしろ、直次郎どのは厚顔にも自分が悪いとは思っていませんので」

「そうか。いずれにしろ、卯助やそなたのほうでは決着のついた話なのだな」

「さようです」

「これから卯助のところに行くつもりだったが、行く必要はないようだ。そなたは佐久間町まで行くということだが、何かあったのか」

「じつはひと月ほど前、神田川に男の水死体が浮かびました。佐久間町にあった『生野屋』という茶問屋の主人です。酔っぱらって川に落ちたとして始末がついています。ところが、先日、平四郎が妙なことを言い出したのです」

そう言い、京之進は只野平四郎から聞いた話をした。

「鉄砲洲稲荷裏で遊び人ふうのふたりの男が殺された件で、宗匠頭巾(そうしょうずきん)に十徳(じっとく)姿の男に疑いがかかっているそうです。ところが『生野屋』の主人らしき男が川に落ちる前に、同じく宗匠頭巾に十徳姿の男と歩いていたのを見たという者がいたのです」

「宗匠頭巾の男か」

「はい。宗匠頭巾の男といっしょにいたのが『生野屋』の主人だったかどうかもはっきりせず、同じ人物かどうかもわかりません。ですが、なぜか気になりまして……」

「何がひっかかるのだ？」

「はい、じつは『生野屋』の主人は繁太郎(しげたろう)というのですが、いささか問題のあった男なのです」

「問題がある？」

「はい。もともとは『生野屋』の番頭だった男です。三年前に、先代が亡(な)くなり、子どももないことから、繁太郎が『生野屋』を引き継ぐことになりました」

「先代の妻女は？」

「詳しく調べたところ『生野屋』の主人に納まったあと、追い出しています」

「追い出した？」

「そうです。『生野屋』の別宅が三ノ輪(みのわ)にあってそこに追いやったそうです。暮らしに必要な金は仕送りするという約束で。そのあと、芸者上がりの女を女房に迎えて今日まで来ていたのです」

「ひどい男だな」

「はい」

「先代はなぜ亡くなったのだ？」

「それが……」

京之進は厳しい顔をし、

「神田川に落ちて水死しました」

「なに、同じ死に方？」

「そうなのです。そのことも不思議でした。因縁(いんねん)なのか……。先代が川に落ちる前まで、番頭の繁太郎といっしょだったのです。ところが、先代は酔いを醒(さ)まして帰るから先に行っていろと言ったそうで、繁太郎は一足先に店に帰った。しばらくしてあまりに遅いので様子を見に行って、川に浮かんでいる先代を見つけたそうです」

「怪しいと思えば怪しいな」

「しかし、証がないまま、川に落ちて死んだことになりました」

「そうか」

剣一郎はふと思いついて、

「先代の内儀は今はどうしてるのだ？」

「一年前に亡くなっています」

「亡くなった？」

「首をくって」

「なんと」

「どうも繁太郎からの仕送りが途絶え、暮らしにも行き詰まっていたようです」

「自殺とはっきり言えるのか」

「それが……」

京之進は口ごもった。

「何かあるんだな？」

「首をくる前の日に、繁太郎が先代の妻女を訪ねているのです。繁太郎の話では、今後の暮らしのことで相談に乗っていたということです」

「そうか」

繁太郎が何かをしたという証はないのだろう。しかし、繁太郎が先代を殺し、店を乗っ取り、あげく内儀まで手にかけたという疑いを持つ者もいたのではないか。

ふたりは和泉橋までやって来た。橋を渡り、大川のほうに向かう。

しばらくして、京之進が足を止めた。

「この辺(あた)りです」

「ここから足を滑らせたと言うのか」

「はい。小便をしようとしたのだと思われます」

剣一郎は川辺を見つめながら、

「先代と妻女の身内は？」

「いません」

「いない？」

「先代は駿州(すんしゅう)から出てきて、市ケ谷(いちがや)の茶問屋に奉公し、その後、暖簾(のれん)分けで『生野屋』をはじめました。一代で、店を大きくしたのです」

「親しい者もいないのだな」

「はい」

京之進は答えてから、

「じつは、繁太郎が川に落ちて死んだとき、誰かが殺し屋を頼んだのではないかという疑いを持ちました。ところが、先代や妻女に身寄りはなく、繁太郎に復讐をしようする者が見当たらなかったのです」

「そうか。殺し屋の仕業だとしたら、先代や妻女とは別の理由ということになるな」

「はい。ところが、繁太郎は外面はよく、温厚な人柄だと好意をもたれているのです。繁太郎を恨む者はひとりとしていなかったのです」

「ふたつの顔を持っていたというわけだな」

「はい」

「しかし、『生野屋』の先代や妻女の恨みを晴らすという者がいないとなれば、やはり過って川に落ちたということになるのか」

剣一郎は腑に落ちない。

「はい。ただ、気になるのはやはり宗匠頭巾の男なのです。鉄砲洲稲荷裏での殺しは、宗匠頭巾の男が関わっていると見られていますが、かなりの腕のようです。もし、その男が絡んでいるとしたら……」

「宗匠頭巾の男が同じ人物かどうか、確かめるのは難しい。もし殺し屋が存在したとしても、鉄砲洲稲荷裏でのふたりは殺しを頼まれたわけではないな」

「ええ、平四郎の話ではふたりは宗匠頭巾の男が乗った駕籠のあとを尾けて行って殺られたそうです」

「宗匠頭巾の男が殺し屋だとしたら正体を見破られたことになる。どうもわからぬな。いまだ、殺されたふたりの身許はわからないのか」

「はい」

「他人と関係を断って生きていたわけではあるまい。故あって名乗り出てこないのだろう。裏稼業に身を置いているに違いない。そちらのほうを調べれば、わかるはずだ。平四郎に会ったら各地の盛り場で顔役といわれる男を当たるように伝えてくれ」

「わかりました」

「今、『生野屋』はどうなっているのだ?」

「芸者上がりの繁太郎のかみさんが細々と営んでいます」

「芸者上がりのかみさんか……。このかみさんが繁太郎に殺し屋を差し向けることは考えられないのだな」

「はい。それはないはずです」

「わかった。では」

佐久間町にある『生野屋』に行くという京之進と別れ、剣一郎は深川入船町に足を向けた。

三

剣一郎は深川入船町にやって来た。

自身番で訊ねると、おせつのことを知っていた。

「いくら旗本の子息とはいえ、何のお咎めもないなんて」

月番の家主は悔しそうに言った。

「母親はどこに住んでいるのだ?」

「今も同じ長屋に住んでいます」

「そうか。元気なのか」

「それが……」

「どうした？」

「少しおかしくなって……」

「おかしい？」

「まったく表情がないのです。あまりの不幸の大きさに感情を喪ってしまったのかもしれません」

「そうか」

剣一郎は胸が塞がれそうになった。

「で、生計は？」

「許婚だった『杉田屋』の彦太郎さんが援助をしているようです」

「彦太郎が？」

「ええ。それでなんとかひとりで暮らしていけるようです」

「彦太郎はおせつのことをほんとうに大切に思っていたのだな」

それほどなら、彦太郎が殺し屋を差し向けることはあり得ると思った。だが、
家主は首を傾げた。

「さあ、どうでしょうか」

「どういうことだ？」

「彦太郎さんは来春、祝言を挙げるようです」

「祝言？」

「ええ、ですからおせつのことはもう忘れているのだと思いますよ。おせつの母親の暮らし向きに手を差し伸べていると言っても、僅かな金を番頭か手代が長屋の大家に届けているだけですから」

「そうか」

自分の目で確かめてみなければ、はっきりしたことはわからないと、剣一郎は自身番を出て、材木問屋の『杉田屋』に向かった。

材木置場に材木が積んであり、堀には丸太がたくさん浮かんでいる。

剣一郎は『杉田屋』の土間に立った。近づいてきた手代ふうの男に、

「南町の青柳剣一郎と申す。若旦那の彦太郎に会いたいのだが」

と、声をかけた。

「はい。ただいま」

手代はあわてて奥に向かった。

しばらくして、細身で色白の若い男がやってきた。

「彦太郎でございます」

彦太郎は腰を折った。

「おせつの件で少し訊ねたいことがある」

「おせつの……」

彦太郎はあわてたように、

「ここではなんですからこちらに」

と、店座敷の隣にある小部屋に招じた。

差し向かいになってから、

「おせつのこととは？」

と、彦太郎は不安そうにきいた。

「おせつの許婚だったそうだが？」

「いえ、正式ではありません」

彦太郎は気弱そうな目を伏せた。

「正式ではないとは？」

「親が認めたわけではないのです」

「だが、おせつはそなたのことを許婚だと思っていたのではないか」

「………」

「嫁に迎えると、おせつに話していたのではないのか」

「そこまで話は進んでいませんでした」

「おせつが勝手に思い込んでいたというわけか」

「まあ、そうだと思います」

剣一郎は唖然とした。

「おせつはなぜ身を投げたのだ？」

剣一郎は呆れながらも気を取り直してきいた。

「そのときはわかりませんでした」

彦太郎は俯いて言う。

「そのときは？」

「はい。あとから、おせつが手込めにされたと聞きました」

「誰から聞いたのだ？」

「通夜のとき、誰かがそんな話をしていました」

「手込めにされた女を嫁には出来ないと思ったのではないのだな」

「違います。ほんとうに手込めにされたことを知らなかったのです」

違うと思った。殺し屋を雇ったのは彦太郎ではない。

「おせつの母親の暮らしの面倒を見ているそうだな」

「たいしたことは出来ませんが」

彦太郎はなぜか自嘲ぎみに言った。

「なかなかできることではない」

剣一郎は讃(たた)えた。

「ところで来春、祝言を挙げるそうだが?」

「はい」

「どこのおひとだ?」

「日本橋本町にある大店の娘です」

「わかった。邪魔をした」

剣一郎は立ち上がりかけた。

「青柳さま」

彦太郎が呼び止める。

「おせつのことで何か」

「おせつを手込めにしたのは誰か知っているか」

「はい」

「その男を憎んでいるか」

「…………」

「いや、いい」

やはり、彦太郎ではないと確信した。

「他におせつに思いを寄せていた男がいるかどうか知らないか」

「いえ、知りません。青柳さま。教えてください。いったい、なにをお調べなのでしょうか」

彦太郎はすがるように言う。

「なにもわからないままでは気持ちが悪かろう。じつは、おせつを手込めにした男に殺し屋が差し向けられているのだ」

「殺し屋？」

「それでおせつに近しい者を調べているのだ」

「私じゃありません」

彦太郎は否定した。

「誰か心当たりはないか」

「わかりません」

「わかった」

そう言い、剣一郎は立ち上がった。

彦太郎ではない。剣一郎はそう思わざるを得なかった。すると、もはや、おせつの恨みを晴らそうとする者は見当たらないことになる。

それから、おせつの母親が住んでいる長屋に行った。

まず、大家を訪ねた。

「おせつの母親のことで訊きたい」

「はい」

「症状はどうなのだ？」

「体は元気ですが、心を喪っているようです。ほとんど笑ったことはありません」

「母親を訪ねてくる者はいるのか」

「いえ。身寄りはいません。ですから、長屋の連中皆で手を差し伸べています」

「そうか」

剣一郎は頷き、

「『杉田屋』の彦太郎から仕送りがあるそうだが？」

「はい。でも、それも、この先どうなるやら」

「というと？」

「半年だけ仕送りをすると言われているのです。ですから、いずれ打ち切られると思います」

「期限がつけられていたのか」

「はい」

「すまぬが、母親に会いたいのだが」

「会っても何もわからないと思いますが」

そう言い、大家は立ち上がって家を出て、長屋の路地を先に立った。

とば口の家の前で立ち止まり、黙って腰高障子（こしだかしょうじ）を開けた。

大家は土間に入る。剣一郎も続く。

部屋の真ん中で、白髪の目立つ女が縫（ぬ）い物をしていた。

「おとしさん、どうだね」

母親はおとしという名らしい。おとしは返事もせず、もくもくと針（はり）を動かしている。だが、よく見ると糸はついていなかった。

「一日中、こうやっています。こうしているときは顔は穏やかです」

「おせつや亭主の着物の仕立てをよくしていたのか」

「はい。針を動かしていると、娘や亭主といっしょにいるように思えるのではないでしょうか」

剣一郎は痛ましげに目をそらした。

剣一郎は入船町から富岡八幡宮の前を通って永代橋に向かった。

永代橋東詰の相川町に差しかかったとき、青柳さまと声をかけられた。羽織姿で紺の股引きに着物を尻端折りした四十過ぎの男だ。この深川一帯を縄張りにしている岡っ引きの伊平だった。若い頃は定町廻り同心だった近間宗十郎の手先をしていた。

「伊平か。久しぶりだな」

剣一郎は微笑みかけた。

「へい。ご無沙汰しております」

伊平は頭を下げて、

「近間さまのご容体が芳しくないとお聞きしたのですが、いかがなのでしょうか」

と、きいた。

「かなり衰弱されているのは間違いない。でも、気力は充実しているので、それほど心配はいらないと思っている」

「そうですか。一度、お見舞いに行きたいと思っているのですが、もうあっしのことを忘れているかもしれないと思うと二の足を踏んでしまいます」

「忘れるはずなかろう。近間どのとずっと仕事をしてきたのだ。顔を出してやれば喜ぶ」

「そうですか。じゃあ、そのうち見舞いに行ってみます」

「思い立ったら、すぐに行くほうがよい」

剣一郎は勧めた。

「へえ、そうしたいのですが、今抱えている事件にけりがつかないと、近間さまに叱られそうで。なにしろ、正義感が強すぎるお方ですので。見舞いに来る暇があるなら探索に精を出せと怒られるそうです」

伊平は苦笑した。

「確かに近間どのはそういうところがあるな。でも、行けば喜ぶはずだ。行ってやるとよい」

「そうですか」

「今、何か抱えているのか」

この界隈で起きた事件と言えば……。

「へえ。十日ほど前に永代橋の袂で、佐賀町に住む崎原三十郎という浪人が殺されました。顔面を真っ二つに斬られて」

「そうか。下手人はまだわからないのか」

「はい」

「崎原三十郎はなにをして生計を立てていたのだ?」

「口入れ屋から仕事を世話してもらっていたようです。用心棒が多かったそうです。それよりあまり性質のよくない浪人でしたので、聞き込みも難儀しているんです。なにしろ、死んだ崎原三十郎への同情はほとんどなく、斬った人間を讃える者のほうが多いんですから」

伊平はこぼした。

「つまり、下手人を見つけ出せなくても誰からも文句を言われないということだな」

剣一郎は眉根を寄せた。

「近間さまは悪人を野放しにせず、地を這うような探索で下手人を追い詰めました。ですから、あっしも必ず捕まえてやると意気込んでいるのですが……」

伊平はため息をついた。

「まったく手掛かりはないのか」

「はい。最近はどこの用心棒をしていたのか、そのこともわからないのです。賭場ではないかと思って、何人かの博徒に当たってみたのですが、手掛かりはありません」

「そうか。早く、解決出来るように祈っている」

剣一郎は伊平と別れ、奉行所に戻るため永代橋を渡った。


その夜、夕餉のあと、居間に戻って剣一郎は小瀬直次郎に差し向けられた殺し屋のことを考えた。

不思議なことに、直次郎に恨みを抱く者はすでに存在しない。許婚だった彦太郎はとうにおせつから心が離れていた。おせつの母親は病んでいて、まっとうな判断は出来ない状態だ。他に剣一郎が気づかない誰かがいるように思えない。

直次郎を襲った行脚僧の賊は誰かと間違えたのだろうか。その後、直次郎を襲っていないことをどう考えればいいのか。

いや、直次郎は剣一郎に手助けを求めてきた。危険を感じているからだ。なぜ、直次郎は危険を感じているのか。やはり、直次郎は何かを隠している。

考えあぐねていると、庭でひとの気配がした。剣一郎はすぐ立ち上がった。

障子を開けると、庭先に太助が立っていた。

「久しぶりだな」

剣一郎は濡れ縁に出て声をかけた。

「へえ。猫がなかなか見つからなくて」

太助は二十五歳のすっきりした顔の男だ。猫の蚤取りや行方不明の猫を捜す仕事をしている。

「でも、三日ぶりですぜ」

「そうだったか」

三日だけでも久しく会っていないような気がしたのは、それだけ剣一郎は太助と会っていると楽しいのだ。それは剣一郎の妻女多恵も同じだろう。

伜剣之助の嫁志乃からも、まるで太助さんは義父上たちの息子のようでいらっしゃいますね、とからかわれるほどだった。

剣之助には志乃がいて、娘のるいは御徒目付の高岡弥之助に嫁ぎ、夫婦ふたりきりになったようなときに太助が現われたのだ。

太助はふた親が早死にし、十歳のときからしじみ売りをしながらひとりで生きてきた。

剣一郎はその頃の太助と会っていた。神田川の辺でしょぼんと川を見つめているしじみ売りの子どもに声をかけたことがあった。

ときたま寂しくなってこうやってふた親を思い出しているのだと言った。そのとき、剣一郎は太助を励ますように言った。

「おまえの親御はあの世からおまえを見守っている。勇気を持って生きれば、必ず道は拓ける」

太助はそれ以来、青痣与力に憧れていたといい、今は剣一郎にはなくてはならない相棒になっていた。

「寒いから上がれ。それより飯はまだだろう」

「いえ、食ってきました」

その途端、太助の腹の虫が鳴いた。

「太助、変な遠慮などするな。勝手口にまわれ」

「はい」

太助は弾んだ声で言って庭を廻って行った。

剣一郎は部屋に戻り、太助の来るのを待っていたが、なかなかやって来ない。痺れを切らして部屋を出て台所に行くと、女中に混じって多恵の笑い声が聞こえた。太助が猫の蚤取りの話を面白おかしく喋っているのだ。

多恵があのように笑い声を上げているのは珍しい。剣一郎はそっと居間に引き上げた。

四

この日も朝から只野平四郎は、久助や小者らと共に橋場から今戸を探索した。各町の自身番や木戸番屋にも寄り、四十年配の小柄な商人ふうの男を捜したが手掛かりは摑めなかった。

昼過ぎになって、空がどんよりしてきた。かなり冷え込んできたようだ。雪になるかもしれない。

「妙だ」

平四郎は顔をしかめた。

「こんなに捜しても何の手掛かりもないとは」

「へえ」

久助は力なく応じる。

「用心してわざと橋場に向かったのかもしれない」

平四郎は不安を口にした。

殺されたふたりは宗匠頭巾の男のあとを尾けたのだ。いっしょだった男もあとを尾けられることを警戒していたことは十分に考えられる。

「男は橋場に着いてから別のところに移ったということも考えられる」

この一帯をいくら捜しても無駄だと、平四郎は思った。

「残念です」

橋場に行ったことを突き止めただけに、久助はなおさら悔しそうだった。

「よし、引き上げだ」

平四郎は断を下した。

「これからどうします?」

「やはり殺された男らの身許を徹底的に洗うのだ。ふたりの知り合いや仲間はわざと届け出ないだけだ。どうもふたりを知る者は深川にいそうな気がする」

「深川の遊び人に、片っ端から最近見かけなくなった男はいないか聞いてみますか」

「じつは顔役と言われる男を当たるように青柳さまから指示を受けた」

「深川の顔役というと、口入れ屋の『斎田屋』の熊蔵ですかね」

「熊蔵か。そうだな、熊蔵に聞いてみるか」

「じゃあ、これから深川に」

「うむ。俺はせっかくだから近間さまのところに寄って行きたい。どこかで待っていてくれ」

「わかりました。もう一度歩き回ってから自身番でお待ちしています」

久助たちと分かれ、平四郎は近間宗十郎が養生をしている植木職の家の離れに行った。

今にも降り出しそうな空模様だが、庭に面した障子が開いていた。平四郎は濡れ縁の前に立った。

「ごめんください」

平四郎は声をかけた。

ふとんの上で宗十郎は半身を起こしていた。身の回りの世話をしているのか、中年の男が火鉢に炭をくべていた。

「平四郎か」

宗十郎が顔を向けた。

下男らしい男がすぐに濡れ縁に出てきて、

「どうぞ、お上がりください」

と、言った。

「失礼します」

平四郎は腰から刀を外して沓脱に足を乗せて濡れ縁に上がった。

「来てくれたのか」

「近くまで来ましたので、ちょっとお目にかかりたくてお寄りいたしました」

「初めてだったな」

宗十郎は中年の男のことを言った。

「はい」

平四郎は畏まった男に目をやった。

「わしの世話をずっとしてくれている弥助だ」

「弥助と申します」

男は丁寧に頭を下げた。

「只野平四郎です」

「平四郎さまのことは近間さまからいつもお伺いしています。先日、いらしていただいたと、旦那さまはとても気分がよさそうでした」

「弥助。体が温まるように熱い茶を淹れてくれ」

宗十郎が言う。

「はい」

弥助は立ち上がって台所から湯呑みを持ってきて茶の支度をした。火鉢の上で鉄瓶が湯気を出していた。

「だんだん訪れる者も少なくなってきた」

宗十郎が寂しそうに呟いたあとで、

「皆、忙しい身だから無理はない」

と、自分自身に言い聞かせるように言った。

「私はこれからも会いにきます」

「忙しい身なのだ、無理をするでない。そのような暇があったら、早く事件を片づけるのだ。それから来い」

　宗十郎は厳しい口調になった。

「はい」

　平四郎は小さくなって答えた。

　そのとき、庭から声がした。

「近間さま」

　すぐに弥助が立ち上がって障子を開けた。植木職の友蔵の妻女が立っていた。その後ろに岡っ引きがいた。確か、深川を縄張りにしている伊平だ。

「お客さんです」

　友蔵の妻女が言う。

「これは伊平親分さんで」

　弥助は声をかけた。

「弥助じゃねえか」

　伊平が応じる。

「へえ」

　弥助と伊平は顔見知りのようだ。

「そうか。近間さまの世話を……」

「どうぞ、お上がりください」

「お邪魔しやす」

伊平は濡れ縁に上がり、部屋に入ってきた。

「近間の旦那。お久しぶりでございます」

伊平は平四郎に気づいて会釈をしてから宗十郎に挨拶をした。

「伊平か」

宗十郎は懐かしそうに言った。

「青柳さまからお伺いして参りました」

「そうか。よく来てくれた」

宗十郎は顔を綻ばせ、平四郎に向かい、

「伊平は、わしが定町廻り同心だったときに手札を与えていた仲間だ」

「そうでしたか」

平四郎は宗十郎と伊平を交互に見た。

「厳しい旦那でした。どんな相手でも悪い輩には遠慮なく立ち向かって行くのはいいのですが、一度こうと疑ったら、証が少なくとも食い下がっていくので、いつもはらはらしたものです」

伊平は苦笑した。

「だが、わしは取り違えたことはない。無実の者を罪に陥（おとし）いれることこそ、もっとも重い罪だ」

体が衰弱していても、宗十郎の気力はまだ失せていないようだった。

「悪い奴は絶対に許せなかった」

宗十郎は厳しい目をした。

「ほんとを言いますと、今抱えている件が片づかないうちに近間さまの前に顔を出すのは嫌だったんです」

伊平は目を伏せて言う。

「確か、十日ほど前に永代橋の袂で浪人が殺されたということだが？」

平四郎は伊平にきいた。

「へえ、それです。佐賀町に住む崎原三十郎という浪人が殺されたんですが、評判のよくない浪人だったので聞き込みに難儀をしています。なにしろ、よく殺してくれたと言わんばかりで、皆下手人の味方なんですから」

伊平は渋い顔で続ける。

「近間さまが地道に証を積み上げ、悪人を追い込んでいったように、あっしもなんとか下手人を探し出そうとしているのですが、誰からも手掛かりになるようなことは聞きだせません」

「こっちも同じようなものだ」

　平四郎は呟き、

「殺された男らの身許がわからない。誰も名乗り出てくれないのだ。身の回りの者がいなくなったのに、なぜ訴え出ないのか」

　と、嘆くように言った。

「それは町方に入り込まれるのがいやだからだろう」

　宗十郎が口を入れた。

「聞き込みに来られ、他の悪行がばれたら困るのだ。それに、殺された者が嫌われ者だったら下手に関わりたくないのではないか」

　確かに鉄砲洲稲荷裏で殺された男たちが盗っ人一味だとしたら、仲間は訴え出はしない。やはり、そういった類の男たちなのか。だとすると仲間割れか、対立する盗っ人一味との確執から起こったことか。しかし、盗っ人一味のような感じはなかったと、平四郎は首を傾げた。盗っ人ではなくても町方に調べられたら困る者たちと言ったら……。

「賭場か」

平四郎は思わず口にした。

そう考えれば説明がつく。殺されたふたりは賭場で働いていた者ではないか。貸元(かしもと)や代貸(だいがし)の下で働く男たちだ。宗匠頭巾の男は客ではないか。

「賭場……」

伊平がすぐに呟く。

「伊平、どうした?」

宗十郎がきいた。

「へえ。じつはあっしも崎原三十郎はどこかの賭場で用心棒をしていたんじゃないかと思ったんです。賭場で客と揉(も)め事があった。だけど、おおっぴらに出来ない。賭場の秘密を守るために内々で済ませようとした……」

「伊平。そうとわかったらこんなところで暇を潰(つぶ)してないで、早く探索に行くんだ」

宗十郎が急(せ)かした。

「へい。でも、博徒には何人かに訊いてみたんですが、皆首を傾げるばかりで

「……」

「顔役に当たらねばだめだ。深川の顔役は口入れ屋『斎田屋』の熊蔵だ。熊蔵に訊いてみろ」

「ですが、熊蔵は……」

「つべこべ言わず、いいから行け」

宗十郎はけしかけるように言う。

「わかりやした」

伊平が立ち上がりかけた。

「待て。俺も引き上げる。いっしょに行こう」

平四郎は呼び止めて言い、

「近間さま。私もおいとまします」

と、宗十郎に挨拶した。

「そうか。しっかりお役目を果たせ」

宗十郎は励ますように言った。

「はい。事件を解決してからまた参ります」

「うむ」

宗十郎は頷き、弥助の手を借り、ふとんに横たわった。

外に出てから、平四郎は伊平に、

「気になることがあるのだ。崎原三十郎という浪人のことを詳しく教えてもらいたい」

「へえ」

伊平は頷き、

「十日ほど前の早暁（そうぎょう）、豆腐（とうふ）売りの男が永代橋の袂で倒れている浪人を見つけたんです。自身番から知らせを受け、あっしはすぐに駆けつけました。浪人は頭を真っ二つに斬られて死んでいました。死んだのは深夜だろうと思われます。身許はすぐわかりました。性質（たち）のよくない浪人なのでよく知られていたようです」

伊平は息継ぎをし、

「それなのに、どこかの用心棒をしているらしいということだけで、それ以上のことを皆知りませんでした。用心棒絡（がら）みで斬られたのではないかと思われましたが、崎原三十郎がどこで誰の用心棒をしていたのかはわかりません。なにしろ、周囲では崎原三十郎を殺した下手人を讃えているような始末ですから、何の手掛かりも摑めません」

「さっき用心棒をしていたのは賭場ではないかと言っていたな」

「へい。曾根の旦那も賭場だと思っているようです」

曾根とは本所・深川界隈を受け持っている定町廻り同心の曾根哲之進のことだ。

「でも、何軒かの賭場に当たってみたのですが、崎原三十郎が用心棒をしていた節はありませんでした。でも、このことがなにか」

伊平がきいた。

「じつはこっちのふたりも同じではないかと思ったのだ」

「同じ？」

「鉄砲洲稲荷裏で殺されたふたりも、賭場に関係している男たちかもしれない」

「崎原三十郎の仲間ってわけですか」

「そうだ。つまり、仲間の三人が殺されたのだ。宗匠頭巾に黒い十徳を着た三十半ばぐらいの細身の男が、崎原三十郎も殺した。だが、賭場の貸元は場所が明らかになることを恐れて、殺された者たちと無関係を装っているのかもしれない」

平四郎はさらに想像を働かせた。

「宗匠頭巾の男は賭場の客かもしれぬ。賭場で何かあったのだ。いかさまがばれて揉めたか、あるいは賭場荒らしか」

「なるほど」

伊平は頷き、

「でも、三人がいる賭場がわかったとしても、賭場の連中は秘密を守ろうとして何も話さないでしょうね」

「残念だが、期待は出来ない。だが、近間さまが仰るように顔役に会ってみることだ。口入れ屋『斎田屋』の熊蔵に」

「じつは、崎原三十郎も『斎田屋』で仕事を世話してもらっていたようです」

「なんだと」

「へえ」

伊平は顔をしかめ、

「ですが、熊蔵はしたたかというか、食えない男でして、もっともらしく受け答えしているようでいて適当にこっちをあしらっているんです。曾根の旦那でさえも翻弄(ほんろう)されています」

「まともな答えが返ってこないというのか」

「そうなんです」

「そうか。よし、俺が会ってみよう」

「ありがとうございます。あっしは鉄砲洲稲荷裏での殺しの件を曾根の旦那に話してみます」

伊平はそう言い、急いで今戸のほうに向かって去って行った。

平四郎は自身番に向かった。予定より遅くなった。

久助たちは自身番の前に出ていた。

「遅くなった」

「へい」

「近間さまのところで深川の伊平に会った」

「伊平親分にですか」

「伊平は定町廻り同心のときの近間さまから、手札をもらっていたそうだ。伊平と話していてわかったことがある」

平四郎は、永代橋の袂で殺された浪人崎原三十郎と鉄砲洲稲荷裏で殺されたふたりの男は賭場で働く仲間ではないかと話し、

「これから、『斎田屋』の熊蔵に会いに行く。裏稼業のことは何でも耳に入っているはずだ。何か知っているかもしれない。行くぞ」

「わかりました」

平四郎はもう歩き出した。久助と手下があわてててついてきた。

一刻（二時間）後、平四郎は富岡八幡宮の近くにある『斎田屋』の前に立った。

「顔役と言われる男にしては、思ったより小さな店ですね」

久助は呟く。

「外見はわざとそう見せているのだろう」

平四郎は戸を開け、暖簾をくぐった。

土間に入ると、店座敷に帳場格子がひとつあるだけだ。帳場机の前に番頭ふうの男が座っていた。

「これは旦那、何か」

同心とわかって、番頭は腰を上げて上がり框までやってきた。

「熊蔵に会いたい」

「申し訳ありません。旦那は今出かけております」

一拍の間があって、番頭は答えた。

「いつ戻るのだ？」

「夜になるかもしれません」

番頭は微かに口元に笑みを浮かべた。

「夜か」

平四郎は顔をしかめた。

「御用の向きをお伺いしておきますが」

「教えてもらいたいことがあるのだ。また、明日にでも出直そう」

「わかりました。お伝えしておきます」

「もうひとつ伝えておいてもらいたい」

「はい。なんでございましょうか」

「居留守は一度だけだとな」

「………」

「わかったか」

「は、はい」

番頭はあわてて答えた。

「もっともわざわざ伝える必要もないか。聞こえているだろうからな」

厭味（いやみ）を言って、平四郎は外に出た。

「居留守って？」

「熊蔵はいる」

「なんですって」

久助は目を剝（む）いた。『斎田屋』に戻ろうとした。

「よせ。伊平の話だと、食えない男らしい。少し貸しを作った形にしておいたほうがまともに答えてくれるかもしれぬ」

「なるほど」

久助は感心した。

「俺は奉行所に戻る。ふたりの身許のことで訴えがないか確かめてくる。まあ、ないと思うが」

「へい。あっしは賭場について地回りの連中に訊いてみます」

久助は答えた。

平四郎は久助らと別れ、永代橋を渡った。その頃から小雪が舞いはじめていた。

五

ようやく客がいなくなって、一段落したところだ。きょうも朝から忙しかった。

「雪が激しくなってきたな」

外を覗いて、茂太が呟いた。

「積もるかな」

信三が応じる。

開運白蛇が飛ぶように売れた。白蛇の置物を買った職人が博打で大儲けをしたという話が広まって客が一気に押し寄せた。

開運白蛇の恩恵を一番受けているのが信三と茂太だ。店を開いた早々に白蛇が売れ、白蛇につられたように招き猫も売上げを伸ばしていた。

今は店を閉めたあと、売上げの勘定をするのが楽しみだった。

「これじゃ客は来そうもないな」

信三は言ったが、どこかほっとしていた。今戸の職人がしゃかりきになって作っているが、予想以上に売れて在庫が少なくなってきていたのだ。

明日は仕入れに行く予定だったが、雪が積もったら大八車を出せないかもしれない。その場合を考えると、今日これ以上売れると、明日一日保たないだろう。

「きょうはここまでにしておこう」

信三は言った。

「よし、早仕舞いといくか」

まだ日は暮れていないが、茂太は戸口に向かった。

信三は先に奥に戻った。雨戸を閉めて、茂太がやってきた。

部屋で徳利から湯呑みに酒を注ぎ、呑みはじめた。

「こうまでうまくいくとは思わなかったな」

茂太がにんまりした。

「これも藤吉さんのおかげだ」

信三がしみじみと言う。

藤吉は謎の男だ。仲町の料理屋『ひらかわ』から出てきた藤吉を乗せて築地に向かった。途中、鉄砲洲稲荷で駕籠から降り、藤吉は境内に入って行った。そのあと、駕籠を尾けてきたふたりの男も続いた。

翌朝、そのふたりの死体が鉄砲洲稲荷裏で見つかったのだ。藤吉の仕業に違いない。だが不思議なことに、信三は藤吉に恐怖を抱くことはなかった。

何より、この家に住まわせ、商売をはじめる面倒まで見てくれた。

「いったい藤吉さんは……」

「よせ」

茂太が言いだしたのを、信三は止めた。

「詮索しない約束だ」

「そうだったな」

茂太は酒を呑み干し、徳利に手を伸ばした。

「それより、藤吉さんには売上げからいくらかは渡さなくてはならないだろうな」

茂太が真顔になって言う。

「一度、藤吉さんにきいてみよう」

信三はいくら渡せばいいのだろうかと考えたが、ざっくばらんに藤吉にきいたほうがいいと考えた。

「少しは金が貯まった。どうだえ。一度贅沢をしてみねえか」

酒を注いで、茂太が切り出した。

「まだ贅沢する身分じゃねえ」

信三はたしなめるように言い、

「ここからが大事だ」

と、身を引き締めた。

「贅沢っていったって、大仰なものじゃない。仲町の『ひらかわ』に上がってみたいんだ」

「『ひらかわ』に？」

「俺たちはいつもあそこから引き上げる客を乗せていた。逆の立場になってみても罰は当たるまい」

「そうだな」

信三は考えた。

ふと、戸を叩く音が聞こえた。

「誰かきたな」

信三は耳を澄ました。

「客か」

茂太が湯呑みを口に運ぶ手を止めた。

「いい。俺が出る」

信三は立ち上がった。

店に出て雨戸を開けた。雪が吹き込んできた。頭を白くした男が立っていた。

四十ぐらいの商人ふうの男だ。

「もうおしまいですか」

「こんな天気なんで、お客さんはこないと思って閉めてしまいましたが。ともかく中にお入りください」

信三は土間に招じた。

「すみません」

男は戸口で頭と体の雪を払って土間に入った。

「なにしろ本郷(ほんごう)からやって来たので、どうしても開運白蛇を買って帰ろうと、戸が閉まっているのにも拘(かかわ)らず……」

男は実直そうに言う。

「本郷から？」

「はい。途中で雪に降られました」

「そうですかえ」

わざわざこの雪の中をやってきた客に、信三も胸を打たれた。

「ひとつ、いただけますかえ」

「もちろんです」

「ありがたい」

客は喜んで勘定を払い、白蛇を大事そうに受け取った。

「では、失礼します」

客は引き上げかけた。

「もし」

信三は呼び止めた。

「これから本郷まで？」

「はい」

「傘はお持ちじゃないんですね」

「ええ」

「ちょっとお待ちを」

信三は奥から唐傘（から）を持ってきた。

「これをお持ちください」

「でも」

「かなり降っています。どうぞ」

「じゃあ、お借りいたします」

客はそう言い、唐傘を差して引き上げて行った。

居間に戻ると、

「こんな雪の中をわざわざ本郷からやって来たのか」

と、茂太が呆れたように言う。

「そうだ。そうまでして白蛇の御利益に与ろうとしているのだ。なんだか、痛々しい気がしないでもないな」

信三は表情を曇らせた。

「どうしたんだ、そんな顔をして」

「うむ」

信三は唸ってから、

「今の男、なんだか切羽詰まったような顔をしていたんだ。ほんとうに……」

信三は言いさした。

「なんだ？」

茂太が先を促した。

「ほんとうに御利益があるのだろうか」

「なに言っているんだ。現に博打で大勝ちした客もいたし、なにより俺たちが御利益に与っているじゃねえか。だから、俺たちも自信を持って売れるんだ」

「確かにそうだ。だが、偶然じゃないのか。こんな幸運がいつまで続くか……」

「何を言っているんだ。つまらねえことを考えるな。信じるんだ。信じれば、きっと幸運がついてくる」

「そうだといいが……」

「なぜ、急にそんなことを考え出したんだ？　今の客のせいか」

「これからは今の男のような客が増えてくる。遊びで、白蛇の置物を買ってくれるならいいが、追い詰められた者が藁にも縋る思いで買いにきたら……」

信三は不安を口にした。

「いいじゃねえか。きっと御利益があるさ。そう信じていればいい」

「しかし」

障子の向こうで物音がした。

いきなり障子が開いた。

「何言い合っているんだ？」

藤吉が現われた。

「藤吉さん。まったく気づきませんでした」

信三は目を見張った。

「話に夢中だったからな」

藤吉はふたりの前に腰を下ろした。

「信三が心配性なもので」

茂太が苦笑して言う。

「いや。ほんとうに白蛇の置物に御利益があるのかと思って……。さっきこの雪の中を本郷から白蛇を求めてやってきた客がいたのです。追い詰められたかのように、白蛇の御利益に縋ろうと必死の形相(ぎょうそう)でした。これから、そんな客がたくさん押しかけるかと思うと、少し怖くなってきちまったんです」

「怖い？」

「ほんとうに効き目があればいいんですが……」

「気の持ちようだ。白蛇の置物に御利益があると信じていれば、何事にも挑んでいける勇気が持てるはずだ。それが大事なんだ。絶対に効き目がある。そう信じて売ればいい。客のほうもそう信じて買うのだ。それによって、客も自信を持って努力をすれば、必ず実を結ぶってもんよ」

藤吉は真顔で言った。

「そうかもしれませんね」

客には白蛇の置物の御利益を信じて買ってもらえばいい。信三はそういうことなのだと自分に言い聞かせた。

「で、どうだね、商売のほうは?」

藤吉はきいた。

「へえ、おかげさまで売れています」

「そうか。そいつはよかった」

「藤吉さん」

信三はおそるおそるきいた。

「売上げからどのくらいお渡ししたらいいんでしょうか」

「そんなものいらないよ」

「そうはいきません。この家だって借りているし、商品の仕入れの金も出していただいているのです」

「そんなこと気にしなくていい」

「藤吉さん」

茂太が居住(いず)まいを正し、

「どうしてあっしらみたいな者にそこまで親切にしてくださるんですか」

「たまたまこの家が空(あ)いていたからだ。遊ばせておくのはもったいないから、ふたりに使ってもらおうと思っただけだ」

「どこの馬の骨ともわからないあっしたちを、どうして信用することが出来たのですか」

「先日は『ひらかわ』からふたりの駕籠に乗ったが、じつはそれより前にふたりと会っていたんだ」

「えっ、いつですか」

信三は驚いてきいた。

「今となってはふた月ほど前だ。冬木町の呑み屋でふたりがこぼしていたのを背中合わせで聞いていたんだよ」

「ふた月前ですって」

信三は茂太と顔を見合わせた。

「そんとき、駕籠を担ぐのが年々辛くなってきたと話していたんだ。駕籠かきから足を洗って何か商売をやりたいという声が聞こえていた」

「あのとき、同じ呑み屋にいたなんて……」

信三は呟く。

「それで偶然にふたりの駕籠に乗ったというわけだ。あとを尾けてくる男たちのことを教えてくれ、俺の用事をちゃんと果たしてくれた。信用出来ると思ったから、この家を貸してやろうと思ったのだ。何かの縁があったのだろう」

藤吉はふと笑みを浮かべ、

「まさか、商売がここまで当たるとは思わなかったがな」

「へえ、なにもかも藤吉さんのおかげです」

「いずれにしろ、うまくいってよかったぜ」

藤吉は立ち上がり、

「じゃあ、俺は引き上げる」

「えっ、もうですかえ」

来たばかりではないかと、信三は言おうとした。

「ちょっと寄ってみただけだ。見送りはいいぜ。じゃあな」

そう言い、藤吉は去って行った。

「忙しいお方だ」

茂太が苦笑しながら言う。

前回もちょっと顔を出しただけで引き上げた。何のために来たのか。ちょっと寄ってみただけだと言っていたが……。

「ひょっとして」

信三は首をひねった。

「なんだ？」

「藤吉さんはこの近くに用事があって、そのついでにここに寄っているんじゃないか」

信三は想像を働かせた。

「そうかもしれねえな。だが、よけいな詮索はやめよう」

茂太は取り合わないように言う。

しかし、信三は気になった。藤吉がこの近くに用事があるのは間違いないような気がした。藤吉は何かしようとしているのではないか。

人を殺めているのは間違いない。それとは別の一面を信三らに見せる藤吉のことを、もっと深く知る必要がある。信三はそう思った。

第三章　駕籠かき

一

朝日が家々の屋根の雪を照らしている。雪解け水で道はぬかるみ、行き交うひとも難渋しながら歩いている。だが青空が広がり、ひんやりした川風は心地よかった。

只野平四郎と久助は永代橋を渡り、富岡八幡宮の近くにある口入れ屋『斎田屋』を再び訪れた。

土間に入ると、昨日の番頭が帳場格子から出てきて、

「きのうは失礼しました」

と、声をかけてきた。

「熊蔵はいるか」

平四郎が口を開く。

「はい。お待ちしておりました。さあ、どうぞ」

番頭は上がるように勧めた。

「話はすぐ終わる。ここに出てきてもらえればいい」

「ですが、いつお客さまがお見えになるかわかりませんので」

「旦那、上がりましょう」

久助がその気になって言う。

「よし」

平四郎は腰から刀を外した。

内庭の見える部屋に通された。庭には小さな池があり、そばに石灯籠が立っていた。待つほどのこともなく、恰幅のよい男がやってきた。

「熊蔵です」

向かいに腰を下ろし、穏やかな顔で挨拶をした。色白の丸顔で、垂れ目だ。名前から受ける印象とは正反対だった。裏稼業に顔が利く男とはとうてい思えない。だが、かえってそれが無気味だった。

「面と向かって会うのははじめてだな。南町の只野平四郎だ。こっちは俺が手札を与えている久助だ」

平四郎は相手に位負けしないように声を強めて言った。

「どうぞ、よしなに」

熊蔵は軽く頭を下げた。

「さっそくだが、教えてもらいたいことがある」

平四郎は切り出した。

「はい、私にわかることでしたら」

「鉄砲洲稲荷裏で遊び人ふうの男がふたり殺された。もう何日も経つが、いまだに身許がわからない。殺された男の仲間は誰も名乗り出てこないのだ」

平四郎は熊蔵の垂れ目の顔を見つめ、

「名乗り出られない事情があるのだ。自分たちの秘密が暴かれる恐れからか。秘密とは何か。盗っ人一味か、あるいは博徒の手下だったか」

「…………」

熊蔵は眠そうな目だ。

「熊蔵」

平四郎はわざと大きな声を出して、

「心当たりはないか」

と、訊いた。

「私にわかるはずありません」

熊蔵は首を横に振る。

「しかし、裏稼業の者たちは何かとそなたを頼ってくるのではないか」

「とんでもない。私など、相手にされませんよ。私はあくまでもまっとうなひとの働き口を世話しているだけですから」

「確かに武家屋敷や商家などに奉公人の世話をしているのだろうが、その一方で裏稼業の者の世話をしているのではないか」

「まさか」

熊蔵は大仰に目を見開く。

「盗っ人一味に人手が足りないとき、そなたに頼めば盗っ人を世話してくれるというではないか」

「そのような噂がまことしやかに囁かれているようでございますね」

「ほんとうのことではないと言うのか」

「もちろんでございますよ」

「では、盗っ人一味にひとを世話したことはないというのか。錠前破りの名人を世話したことはないのか」

「ありません」

「賭場の胴元からはどうだ？　用心棒が欲しいとか、壺振りが必要だとか、三下を世話してくれとかはあるのではないか」

「ありません」

「ない？」

平四郎は口元を歪め、

「まあ、いい」

と、吐き捨てるように言ってから、

「そなたが承知をしている賭場について教えてもらいたい」

「賭場ですか」

「そうだ」

「私は博打はしませんので」

「博打をしなくても、賭場が開かれている場所はわかろう」

「いえ。世間では顔役などと言われておりますが、私には迷惑な話でございます。そんな偏見から解き放たれたく、裏稼業と思われる者たちとの接触を断ち、またそのような者が暗躍する場所には近づかないようにしています。博打にしても同じでございます。したがって、賭場がどこで開かれるか、どんな胴元がいるかなど、私はまったく関心ございません」

熊蔵は臆面もなく言う。

「そうか。では、崎原三十郎という浪人を知っているな。ここに仕事を求めにやって来たはずだが」

「いらっしゃいました」

「どこに世話をした？」

「一年ほど前のことでございますが、確か佐賀町にある質屋の用心棒の仕事をお世話いたしました。ただ、それはひと月限りの仕事でした。その仕事が終わったあと、またここにお見えになりました。それで、新しい用心棒の口を見つけてお待ちしていたのですが、その後はお見えになっていません」

「永代橋の袂で斬られて死んだことを知っているか」

平四郎は熊蔵の目を見つめる。

「はい。最初は気づきませんでした。番頭からうちにやって来た浪人さんだと聞いて、思い出した次第です」

「今はどこで用心棒をしていたかわからないのか」

「はい。さようで」

「自分で用心棒の口を見つけたのか」

「用心棒をしていたのなら、そうなのでございましょう」

「熊蔵。どうしてもほんとうのことを言おうとしないのか」

平四郎は鋭く言う。

「私はほんとうのことしか言いませんよ」

熊蔵は平然と答える。

「さすが、食わせ者だ」

平四郎はわざと口元を歪めた。

「食わせ者とはいささか心外でございます」

熊蔵は顔をしかめた。

「なら、正直に言え」

「困りましたな。これ以上、どうすればよろしいのでしょうか」

「久助」

平四郎は横にいる久助に声をかけた。

「へい」

「やはり、俺なんかの相手になるような熊蔵ではなかった。俺の負けだ」

「そんな、あっさり……」

久助は驚いている。

「いや、これ以上は暖簾に腕押しだ。潔く引き下がろう。あとは青柳さまにお願いしよう」

青柳さま、と平四郎は強調した。

「青柳さま……」

熊蔵の顔色が変わった。

「俺に熊蔵を訪ねろと言ってくださったのは青柳さまだ。きょうのことをお話しして代わっていただく。邪魔をした」

平四郎は腰を浮かせた。

「お待ちを」

熊蔵が引き止めた。

「なんだ?」

「今、ふと思い出したことがございます」

「話してみろ」

「はい。これはあくまでも又聞きです。霊巌寺の裏に万福寺という小さな寺がございます。そこの庫裏で、ときたま賭場が開かれていたようです」

「万福寺?」

「はい。あくまでも又聞きでしかありませんが、私が知っているのはそれぐらいです」

「住職は関わっているのか」

「場所を貸しているだけのようですが、よくわかりません」

「又聞きだと言うが、誰から聞いたのだ?」

「仕事を求めてやって来た客の男です。博打で大負けしてお店を辞めさせられたと言っていました。どこの賭場かをきくと、霊巌寺の裏の万福寺だと言っていました」

「…………」

平四郎の心に何かが引っ掛かった。だが、それが何なのか、まだ形にはならない。

「その客の名は？」

「いえ、一度来ただけなのでわかりません」

「記録をとっていないのか」

「記録があるのは仕事を世話したひとだけです。そのお方に仕事の世話はしませんでしたので」

「そうか。よし、わかった。霊巌寺裏の万福寺だな」

「はい」

熊蔵は穏やかな笑みを浮かべた。

平四郎と久助は立ち上がった。

『斎田屋』を出てから、

「寺は支配違いですぜ」

と、久助は心配した。寺社奉行（じしゃぶぎょう）の管轄（かんかつ）で、町奉行所は立ち入れない。住職もこちらの問いに答えないだろう。

「ともかく、様子だけでも見てみよう」

平四郎は構（かま）わず霊巌寺のほうに足を向けた。

仙台堀を渡るとやがて霊巌寺の前に差しかかった。その前を過ぎ、いったん小名木川まで出て、川沿いをしばらく行き、大回りをして霊巌寺の裏にやって来た。

小さな寺がいくつか並んでいる中に万福寺があった。

山門をくぐる。庭の植込みはあまり手入れがなされていないようだった。枯れ枝が侘しく垂れている。

本堂の奥に庫裏があった。そこに向かいかけたとき、箒を持った寺男を見かけた。四十近い男だ。顔が長く、顎がしゃくれている。

久助は寺男に近づき、

「ちょっと訊ねたいんだが」

と、声をかけた。

「へい」

寺男は不審そうな顔を向けた。

「おまえさんはここに住んでいるのか」

「そうです」

「もう長いのかえ」

「三年になりますか」

顎をしゃくりあげるようにして話す。

「この庫裏に、ときたまひとが集まってくると聞いたんだが、何をやっているんだえ」

「さあ」

男は首を横に振る。

「ここに住んでいて気がつかないのか」

「あっしが働きだしたころはよくひとが集まっていたけど、今はありませんぜ」

寺男は答える。

「今はない？」

「そう、ないです」

「何をやっていたんだ？」

久助はもう一度訊く。

「さあ、あっしにはよくわからねえ」

寺男は目を逸らした。

「博打だな」

平四郎は口をはさんだ。

「…………」

寺男から返事はない。

「どうなんでえ」

久助が確かめる。

「心配するな。賭場の手入れをしようというのではない。それに、寺社は支配違いだ」

「旦那」

寺男は真顔になって、

「余計なことを言って、住職から叱られるのは御免です。勘弁してください」

「おまえさんから聞いたとは言わない。だから安心して話せ」

「さいですか」

寺男は迷いながら、

「確かに三年前まではここで何かが開かれていました。賭場かどうかわからねえが、人相のよくない連中が入口で見張っていたので、賭場が開かれていたのかもしれません。先代の住職が博徒の親分に場所を貸したとも考えられます。でも、それは先代の住職のときまでです。先代の住職が亡くなってからは一切手を引いたんじゃないですかえ。今の住職はお堅い方ですからね」

「今はやっていないのは間違いないか」

「ええ、そんな連中を見かけませんから」

寺男はきっぱりと言った。

「ここが使えなくなったあと、胴元はどこでやっているのだ？」

「わかりません」

「胴元の名は？」

「私は知りません」

「今の住職は知っているな」

「たぶん」

「住職に会いたい」

「庫裏できいてもらったほうがいいですぜ」

「そうだな。わかった」

「あっしが話したなんて言わないでくださいな」

「わかっている」

寺男と別れて平四郎と久助が庫裏に向かいかけたとき、四十年配の僧が出てきた。どうやら、町方に気づいて出てきたようだ。

「住職です」

寺男が教えた。

平四郎と久助も近づいて行った。

「ご住職ですか」

平四郎は声をかけた。

「さよう。町方の者が何事でございますかな」

住職は咎めるように訊いた。

「申し訳ございません。じつは、少し確かめたいことがありまして」

「なにか」

住職は不機嫌そうな顔をした。町方が勝手に境内に入って来て、寺男に聞き込みをしているのが気に障ったのだろうか。

「鉄砲洲稲荷裏で男がふたり殺されまして、その男たちの身許がいまだにわからないのです。賭場で働いていた男たちかもしれないと思い……」

「ここは博打とは無縁だ」

住職はぴしゃっと言った。

「寺男に何を訊いたのか。境内で勝手な振舞いは許されぬ」

「寺男は何も知りませんでした。ある者から、この寺で賭場が開かれていたという噂を聞きました。そのことで……」

「根も葉もない噂だ」

住職は切り捨てるように言った。

「賭場ではないとして、何かの集まりがあったのでしょうか」

「何かの講が開かれていたのかもしれぬが、先代の住職が亡くなってからは開かれていない」

住職は言い切る。

「講のようなものが開かれていたのは間違いないのですか」

「詳しいことはわしも知らぬ」

住職は憤然となり、

「これ以上、この寺のことで詮索するのははけしからん。訊きたいのなら寺社奉行の許しを得てからにしてもらおう」

と、強い口調になった。

「わかりました」

平四郎はいったん引き上げるしかないと思った。

山門を出るとき、寺男がじっとこっちを見ていた。

「住職はずいぶん怒っていましたね」

久助は呆(あき)れたように言う。

「うむ。何か隠しているようだ。暴(あば)いてやる」

平四郎は珍しくむきになって言った。

二

翌日。剣一郎はまた、小川町にある小瀬直右衛門の屋敷に赴(おもむ)いた。直次郎からの呼び出しを受けてのことだった。

「青柳どの。まだ、見つからないのか」

直次郎はいらだっていた。

直次郎はずっと屋敷に閉じこもっている。殺し屋の襲撃を恐れてのことのようだが、なぜ、それほど恐れているのか。

「もうしばし、ご猶予を」

剣一郎は頭を下げた。

「なれど、あれから何日も経つ」

「では、直次郎どののお仲間のことを教えていただけませんか。話を聞けば、何か手掛かりが摑めるかもしれません」

「無駄だ」

「なぜですか」

「あの者たちは何も知らないからだ」

「そう言い切れますか」

「間違いない」

「なぜ、お仲間のことをお隠しになるのですか」

剣一郎は不思議に思ってきいた。

「隠してなどおらぬ。ただ、きいても何もわからないと言っているのだ」

直次郎はいらだったように言う。

「しかし、お仲間がおせつを騙して連れ出したのではないですか。また、おせつの母親か許婚のどちらかが殺し屋を雇ったのではないかと調べたのも、そのお仲間です。何かに気づいているかもしれません」

「………」

「その後、お仲間とはお会いに？」

「いや」

「会っていないのですか」

「これは俺の問題だからだ」

屋敷に閉じこもっているのだから会おうにも会えないのだろう。だが、なぜ、仲間のことを隠すのか。

「早く、下手人を探し出すためにもお仲間からお話を……」

「無理だ」

なぜ、直次郎は仲間と会わせようとしないのか。そのことが不思議でならなかった。

「まるで、お仲間に会わせまいとしているように思えますが」

剣一郎は執拗に迫る。

「脛に傷を持つ者たちなのだ。追い詰めるような真似は出来ぬ。奉行所の者が近づけば逃げ出すだけだ」

　直次郎は眉根を寄せて苦しそうに言う。

「その者たちとどこで知り合ったのですか」

「……………」

「そのことも言えないのですか」

「言えば、突き止められる」

「それほど、大事な仲間なのですか」

「そうだ」

「でも、このままではまだしばらく会えませんね」

「青柳どのが早く殺し屋を見つけてくれればよいだけのことだ」

「直次郎どのは博打をなさいますか」

　剣一郎は話を変えた。

「……………」

「いかがですか」

「やったことはない」

　目を背けて、直次郎は言った。直次郎は賭場で遊び人ふうの仲間と知り合ったのではないかと想像した。

「おせつの許婚について詳しくご存じでしたか」

剣一郎はさらに問うた。

「彦太郎という材木問屋の伜だそうだな」

直次郎は顔をしかめた。

「そうです。ですが、その伜が言うには許婚ではないと。おせつが一方的に思い込んでいただけだと言っていました」

「おせつが一方的に?」

直次郎が不快そうな顔をした。

「そうです。伜は日本橋本町にある大店の娘との縁組が決まっています」

「…………」

直次郎は考え込んだ。

「そういう男があなたに殺し屋を差し向けるとは考えられません。また、おせつの母親は心を病み、おせつのことも何もわからなくなっています。ふたり以外、あなたに恨みをぶつける者はいないのです」

「…………」

「直次郎どの。よくお考えください。おせつのこと以外で、何か恨みを買うような心当たりはほんとうにないのか」

「ない。ほんとうだ」

直次郎は困惑したような目を向けた。

「あなたが襲われたのは一度だけですね。行脚僧（あんぎゃそう）の姿で襲いかかってきた？」

剣一郎は確かめる。

「その後、あなたは襲われていないのですね」

「何度か尾けられただけだ」

「なぜ、そんなに相手を恐れているのですか」

「奴は凄腕（すごうで）だ。俺では歯が立たない。いや、この屋敷の者も太刀（たち）打ち出来ない」

直次郎は怯（おび）えたように身をすくめた。

「でも、屋敷にいるからといって安心は出来ませんよ、屋敷に忍んでこないとも限りません」

「だから、早く捕らえてもらいたいのだ。何か手立てはないのか」

「ひとつだけあります」

「なんだ？」

「敵を誘（おび）き出すことです」

「誘き出す？　そんなこと出来るのか」

「直次郎どのが囮（おとり）になってくだされば」

「なんだと」

直次郎は顔色を変えた。

「あなたが外に出るのです。必ず、どこかで見張っているはずですから、いつか襲ってきましょう」

剣一郎は直次郎が何か言い返そうとするのを手を上げて制し、

「私が陰ながらついて行きます。敵が現われたら、必ず助けに入ります」

「そんな危険な真似は出来ぬ」

「しかし、このままずっとお屋敷にいることはできないでしょう」

「だが、囮は危険過ぎる」

「それがだめならお仲間のことをお話しください」

「出来ぬ」

直次郎は喘（あえ）ぐように言う。

「困りましたな」

剣一郎はため息をもらす。

「このまま屋敷に閉じこもっていては気も塞ぎましょう。昼間なら外に出てもよいのでは？」

「奴はどこかから俺を見張っているのだ」

直次郎は怯えた目をした。

「この前も申し上げたことですが、あなたを屋敷の前で襲ったとき、敵はご家来衆を蹴散らしてあなたを殺すことが出来たはずです。なぜ、そこまでしなかったのか。気になってなりません」

「家来がたくさん出て来たので諦めたのだと思ったが」

「いえ。敵はご家来衆を歯牙にもかけなかったはず。その気になればあなたを襲えたはずです。そうは思いませんか」

「…………」

「あなたは、そのわけに気づかれているのではありませんか」

「そんなことわかるはずない」

直次郎は憤然と言う。

「いえ、何か気づいているはず」

「ばかな」

「あなたは何かを隠しています。違いますか」

「違う」

直次郎は弱々しい声で言う。

「何を隠しているのですか。お仲間のことですか」

「…………」

「あなたのお仲間は何人いたのですか」

「三人だ」

「いつもその三人とつるんでいたのですか」

「そうだ」

「殺し屋はあなただけを標的にしているのでしょうか。あなたとつるんでいた他の三人は復讐(ふくしゅう)の狙(ねら)いから外れているのでしょうか」

「…………」

直次郎は顔を歪めている。

三人……。剣一郎は呟(つぶや)いたあと、あっと声を上げた。

直次郎が不審そうな顔を向けた。

まさか、と剣一郎の頭の中は忙しくまわった。直次郎は仲間と会わせないのではない。会わせることが出来ないのではないか。だから、直次郎はこんなに怯えているのだ。

「直次郎どの。おせつを騙して連れ込んだ料理屋はどこですか」

「そんなことがなぜ必要なのだ？」

「殺し屋を捜すためです。あなたが教えてくれなくとも、奉行所で調べればわかることです。さあ、教えてください」

「仲町の『ひらかわ』だ」

「『ひらかわ』ですね。直次郎どの、最後にもうひとつ」

剣一郎は問うた。

「あなたの仲間はもうこの世にいないのでは？」

直次郎は絶句して、剣一郎を見つめた。


その夜、只野平四郎と久助、そして本所・深川界隈を受け持っている同心の曽根哲之進と伊平が剣一郎の屋敷に集まった。

「ごくろう。呼び立ててすまなかった」

剣一郎は四人に声をかけ、

「さて、集まってもらったのはおのおのが今関わっている殺しの件でだ」

と、切り出した。

平四郎たちの目の色が変わった。

「まず探索の状況を聞きたい。平四郎から」

剣一郎は平四郎に顔を向けた。

「はっ」

平四郎は心持ち膝を進め、

「鉄砲洲稲荷裏でふたりの遊び人ふうの男が殺された件ですが、いまだに身許が割れません。賭場での諍いではないかと考え、殺されたふたりは胴元の子分だと見当をつけました。それで、深川の顔役である口入れ屋の熊蔵に訊ねたところ、賭場が開帳されていたと思える寺を教えてもらいました。しかし、支配違いでその先の調べが進みません」

「その寺の名は？」

「はい。霊巌寺の裏手にある万福寺です。そこの寺男は三年くらい前までは人相のよくない連中が入口で見張っていたので、庫裏で賭場が開かれていたようだと言っていましたが、住職は否定していました。探索はここまででございます。ただ、ここにきて曾根さまのほうとの関わりが浮上しました」

「うむ」

剣一郎は頷(うなず)いてから、

「よし。では、哲之進」

と、曾根哲之進に顔を向けた。

「はっ」

哲之進は平四郎より年長の三十五歳で、小肥(こぶと)りでえらの張った顔をしている。

「永代橋の袂で崎原三十郎という浪人が殺された件の探索ですが、まったく下手人の見当がついていません。用心棒をしていたと思われますが、どこで雇(やと)われていたのか。おそらく賭場ではないかと想像しました」

哲之進は息継ぎをしてから、

「そんなとき、平四郎どののほうから、鉄砲洲稲荷裏で殺されたふたりも賭場に関係しているのではないかという話がありました。つまり、殺された三人は賭場の仲間ではないかと……」

哲之進は平四郎に顔を向けた。

「私から」

そう言い、平四郎は哲之進の言葉を引き取った。

「鉄砲洲稲荷裏で殺されたふたりは、宗匠頭巾に黒い十徳を着た三十半ばぐらいの細身の男に殺されたのです。そのふたりが崎原三十郎の仲間なら、三十郎を殺したのも同じ宗匠頭巾の男ではないでしょうか。つまり、どこかの賭場で、何か騒ぎがあったのです。宗匠頭巾の男は賭場の客ではないか。賭場荒らしか、あるいはいかさまがばれたか。賭場の貸元は場所が明らかになることを恐れて、名乗り出ないのではないか。そのように思えてなりません」

平四郎は話し終えた。

「わかった。では、わしの番だ」

剣一郎は一同を見まわし、

「わしは内与力の長谷川四郎兵衛さまから、旗本の小瀬直右衛門さまの次男直次郎どのの警護を頼まれた」

「警護ですって」

平四郎は憤然と言った。

「うむ。もう半月以上前になるが、直次郎どのは屋敷の近くで網代笠の行脚僧に仕込み杖でいきなり襲われたのだという。番人が気づき、すぐに他の家来も駆けつけて難を逃れたが、その後も外出のたびに何者かに尾行されていたそうだ。襲ってきた相手はまったくわからないとのことであった」

剣一郎は一拍の間を置き、

「それで直次郎どのに会った。直次郎どのは襲われた原因に心当たりがあると言い、富岡八幡の境内にある水茶屋の茶汲み女おせつの件だと打ち明けてきた。仲間がおせつを騙して料理屋に連れ出し、直次郎どのが泣きながら許しを乞うおせつを強引に手込めにした。その後、おせつは川に飛び込んで死んだ」

「なんと」

平四郎と哲之進がほぼ同時に声を上げたが、

「では、おせつの身内が復讐のために殺し屋を？」

と、平四郎がきいた。

「おそらくそうだろうと思った。直次郎どのを襲った男は腕が立つ。仕込み杖で襲ってきたことからしても、殺し屋と考えていい。当然、おせつの身内が雇ったと思うのが自然だ。ところが、おせつの父親はおせつが死んで生きていく気力をなくしたのか、首を括って死んだ。母親は悲嘆のあまりか気がおかしくなってしまっている」

「…………」

一同は絶句している。

剣一郎は続けた。

「ふた親が殺し屋を雇ったとは思えない。それと、おせつには許婚がいたそうだ。材木問屋『杉田屋』の若旦那で彦太郎という。だが、彦太郎は他の大店の娘との縁組が決まっていた。したがって、彦太郎がおせつのために殺し屋を雇うことはないだろう」

「他に身内はいないのですか」

平四郎がきいた。

「いない」

「では、殺し屋だとしても、おせつ絡みではないのですか」

哲之進が身を乗り出してきいた。

「いや。直次郎どのも、殺し屋はおせつの身内が差し向けたと思っていた」

「どういうことでしょうか」

「わからぬ。だが、誰が雇ったかは置くとして、直次郎どのを襲ったのは殺し屋に間違いないはずだ」

剣一郎は一同を見まわし、

「さて、話はこれからだ」

と、切り出した。

「時の経過にそってなぞってみる。まず、半月以上前に、直次郎どのが屋敷の前で行脚僧体(てい)に襲われた。家来が助けに入ってことなきを得た。その後、永代橋の袂で崎原三十郎が殺され、それから鉄砲洲稲荷裏でふたりの男が殺された」

「…………」

「じつは、直次郎どのの父親である小瀬直右衛門さまは、直次郎どのが行脚僧に襲われた直後にお奉行に警護を願い出ようとしていたそうだ。だが、直次郎どのはその気がなかった。ところが、急に直次郎どのは父親の言葉に従うと言い出し、わしに警護を頼んできた。その時期は、鉄砲洲稲荷裏でふたりの男が殺された直後だった」

剣一郎は息を吐いてから、

「つまり、崎原三十郎とふたりの遊び人ふうの男は直次郎どのの仲間ではないかと思えるのだ。直次郎どのは仲間は三人と言っていた」

「直次郎どのは三人が殺されたことを知って、怖くなって青柳さまに？」

平四郎が口をはさむ。

「おそらく、そうだろう。この三人が殺されたことで、釈然としなかったことがはっきりした」

「なんでしょうか」

哲之進がきく。

「屋敷の前で直次郎どのを襲った行脚僧は、その気になれば直次郎どのを仕留められたにも拘らずそれをしなかった。そのことが解せなかった。しかし、三人が仲間であれば、説明がつく。殺し屋を雇った者は仇は直次郎どのしかわかっていなかったのだ。そこで、他の仲間をあぶり出すために直次郎どのに脅しをかけただけだったのだ。つまり、行脚僧の男と宗匠頭巾の男は同じ人物だ」

剣一郎は息を継いで言葉を続ける。

「行脚僧に襲われたことを、直次郎どのは仲間に話した。仲間は殺し屋を捜そうとして、殺し屋の罠にまんまとひっかかったのだ。最初の犠牲が崎原三十郎だ。三十郎は殺し屋を見つけ、襲ったが逆に斬られた。続いて、ふたりの男も殺し屋の正体を掴もうとあとを尾けて、鉄砲洲稲荷裏で殺された。この三人が殺されたことで、直次郎どのは震え上がったに違いない。それで、わしに警護を頼むことを決心したのだ。ただ、この経過の中で大きな疑問が生じる」

「…………」

誰も口をはさむ者はいなかった。剣一郎の次に続く言葉を固唾を呑んで待っている。

「殺し屋は、どうやって三人を誘き出すことが出来たのか」

「なぜですか」

平四郎が逸ってきく。

「殺し屋は、はじめから直次郎どのの仲間を知っていたということだ。ただ確証がなかった。それで、三人に自分が殺し屋であることを匂わせ、襲わせた」

剣一郎は続ける。

「いつも直次郎どのとつるんでいる男たちだ。おせつを連れ込んだ料理屋の女将や女中たちも仲間を見ているはず。仲町の『ひらかわ』という料理屋だ」

「じゃあ、『ひらかわ』の女将に確かめれば、殺された三人が直次郎どのの仲間かどうかわかりますね」

平四郎が気負って言う。

「そうだ。念のために、おせつが働いていた富岡八幡宮境内の水茶屋でも確かめるのだ」

「わかりました」

「それから、直次郎どのと仲間三人が出会ったのは賭場と考えるのが自然だろう」

「やはり、賭場ですね」

平四郎も大きく頷く。

「寺男が言うように、万福寺で三年前まで賭場が開かれていたことが事実なら、住職は胴元の名を知っているはずだ。ここはわしのほうで調べてみる」

「青柳さま」

哲之進が口をはさんだ。

「殺し屋を雇った者のことですが、狙いが直次郎どのの他に崎原三十郎と鉄砲洲稲荷裏で殺されたふたりだとしたら、かなりの金が必要ではありませんか。凄腕の殺し屋であればひとり殺るのに十両だとして、四人で四十両にもなります。それなりに金を持っている者でなければ無理ではないでしょうか」

「うむ、確かにそうだ。場合によってはもっと高くとるかもしれない。それだけの金を支払ってでも復讐しようとするのは、よほどの恨みがあるのだろう。おせつに近しい者以外考えられないのだが……」

　剣一郎は眉根を寄せた。

「ひょっとして、宗匠頭巾の男は殺し屋ではないのでは？」

　哲之進が遠慮がちに言い出した。

「と、言うと？」

　平四郎が不審そうにきく。

「直次郎どのを襲った男は、やはりおせつに関わりのある者ではありませんか。つまり、頼まれて襲ったのではなく、自分の意志で復讐を……」

「そうだとすると、解せないことが」

　平四郎が口を入れた。

「なんだ？」

　哲之進が平四郎に顔を向けた。

「殺しの手際が鮮やかすぎます。宗匠頭巾の男は『ひらかわ』で、小柄な商人ふうの男と会っていました。その男が頼んだのではありませんか。あの男ならある程度の金は出せると思いますが。『ひらかわ』から舟で橋場まで帰ったようですから」

平四郎は説明した。

「確かに、商人ふうの小柄な男が、殺しを頼んだと考えるのが自然かもしれない。だが、その時点ではすでに直次郎どのを襲撃し、崎原三十郎を殺している。すでに仕事に入っているのだ。殺し屋が頼んだ者と途中で会うとは考えられない。『ひらかわ』での密会はふたりの男を誘き出すために仕組んだことではないか」

剣一郎は異を唱えた。

「やはり、宗匠頭巾の男は殺し屋と考えるべきですね」

平四郎は頷いた。

「頼んだ者のことはまだわからない。ともかく、まず崎原三十郎と鉄砲洲稲荷裏で殺されたふたりの男が仲間かどうか確かめるのだ。それからだ」

「わかりました」

「『ひらかわ』から宗匠頭巾の男を乗せた駕籠かきは、鉄砲洲稲荷までの約束で乗せたということであったな」

剣一郎は平四郎にきいた。

「そうです。そこまで運び、空駕籠を担いで引き上げるとき、ふたり連れとすれ違ったということです」

「そうか」

剣一郎は腕組みをして考え込んだ。

「何か」

平四郎が不安そうにきいた。

「なぜ、鉄砲洲稲荷だったのかと思ってな。それまでにもっと人気のない場所を通ったはずだ。念のために、駕籠かきはどこの誰だ?」

「はい。永代寺門前町にある『駕籠虎』の信三と茂太という男です」

「『駕籠虎』の信三と茂太だな。わかった」

平四郎と哲之進らが引き上げたあと、多恵といっしょに別間にいた太助がやってきた。

「太助。頼みがある」

剣一郎は声をかける。

「へい」

太助は待っていたように身を乗り出し、

「万福寺を調べるのですね」

と、先回りして言った。

「なんだ、聞いていたのか」

剣一郎は苦笑して言う。

「いえ、たまたま聞こえてきたんです」

「まあいい。万福寺で三年前まで賭場が開かれていたのか。ほんとうに今はやっていないのか。胴元は誰か、調べるのだ」

「合点です。では」

太助はすぐに腰を上げた。

「待て。これから調べるわけではあるまい。ゆっくりしていけ」

「でも、もう遅いですから。五つ半（午後九時）をまわっていますよ」

「なに、もうそんな時刻か」

「だって皆さまとかなり長く話し込んでおられましたよ」

太助は苦笑して言う。

「そうだったな」

剣一郎ももう一度呟いた。

「へい。では、失礼します」

「玄関まで送ろう」

「とんでもない。もったいない」

　太助は遠慮し、

「それに勝手口から上がったので」

「そうだったな。夕餉はとったのか」

「はい、いただきました」

「そうか。では、気をつけて帰るのだ」

「へい、では」

　太助は部屋を出て行った。

　ひとり取り残されたような気分で、剣一郎は部屋の真ん中でしばらく座っていた。だが、すぐに思いは事件のことに向かっていった。

三

　翌日の昼前、南小田原町の店に白蛇の置物を求める客が帰ったあと、商家の内儀らしい女と十六、七歳の女がやってきた。母娘のようだ。

店先に立った娘は、三方(さんぽう)の白蛇に目を向けていた。

「この白蛇の置物。ほんとうに運が開けるのですか」

母親らしい女が店番をしていた信三にきいた。

「お買い求めいただいたお客さんは、運が開けたというお方もいらっしゃいます。わざわざお礼にいらしてくださいましたから」

「そのお方、どんなよいことがあったのでしょうか」

「それは……」

博打で大勝ちしたとは言いづらく口ごもった。

「ほんとうに運が開けたのですか」

母親は疑わしそうにきく。

「じつは、大きな声では言えないのですが、手慰(てなぐさ)みでして……」

「まあ、博打」

母親は眉をひそめた。

「どうも効き目が強すぎて、私どもの白蛇は博打のほうに御利益(ごりやく)があったようで……」

信三は声が小さくなった。

「でも、三百文とは高いものなんですね」

母娘は迷っている。

そこに、新たに四十ぐらいの男が現われた。

「いらっしゃいませ」

「いえ、きょうはお礼に来ました」

男はにこやかに言う。

「お礼？」

信三は不審そうに男の顔を改めて見て、あっと思い出した。

「雪の日、わざわざ本郷からお出(い)でくださった？」

「そうです」

そのときの男の表情は暗かった。切羽(せっぱ)詰まったような顔をしていた。ところが、今は生き生きした表情をしている。

「じつは、お礼を申し上げに参りました」

男はもう一度言った。

「では、何かよいことが？」

「はい。あの次の日、富札(とみふだ)を買いました。それが昨日の抽選で、三番富になりました」

「えっ？　当たったのですか」

信三は耳を疑った。

「はい。おかげで借金を返すことが出来ました。これで親子三人、首を括らずにすみました。これも白蛇のおかげです」

「そうですか。それはよございました」

信三は、そんなにこの置物に効き目があるということが、自分でも信じられなかった。

「礼なんか結構ですよ。それより、他の方にも白蛇の霊験をお話ししてくださ い。たくさんのお方に運を開いてもらいたいので」

信三は宣伝になると踏んだ。

「わかりました」

男は何度も礼を言って引き上げて行った。

「今のひと、さくらじゃないんでしょうね」

母親は疑わしそうに言う。

「とんでもない。ちゃんとしたお客さんです。この前の雪の日、開運白蛇の置物を求めに本郷からここまでやってきたのです」

「そう」

母親はまだ疑り深い目をしていた。

「この白蛇の置物を持っていると御利益がありますが、すぐに目に見える形で現われるか、それともゆっくり現われるかの違いはありましょう。要は信じることです。自信を持つことです」

「買いましょう」

娘が母親に言う。

「そうね。じゃあ、ください」

母親は財布を出しながら言った。

母娘が帰ったあと、奥から茂太が出て来て、

「富くじに当たったなんて、嘘のような話だ」

と、感嘆して言う。

「俺も俄かに信じられない」

「まさか、俺たちが知らないだけで、陰で藤吉さんがいろいろ動いているんじゃないだろうな。今の母親が言っていたように、博打で勝った男も、富くじが当た

った男も、藤吉さんが雇ったさくら、なんてことはないよな」

「いや、そんなはずない。しかし、よく考えてみれば、御利益があったとやって来たのはふたりだけだ。もう置物は何十人ものひとが買って行ったんだ。これが何人も御利益があったのなら霊験あらたかと言ってもいいが、ふたりぐらいならたまたまということだろう。だが、ふたりでもいれば大きな宣伝になる」

信三は冷静に解釈をした。商売の繁盛も、白蛇の御利益というよりたまたまうまくいったというだけのことだ。

「そうだ」

茂太が思いついたように続けた。

「今戸の職人にもっと蛇を作ってもらおう。さっきの男が富くじのことを話してくれたら、また評判を呼んで客が来るかもしれないからな」

「だが……」

信三は言いさした。

「なんだ？」

茂太が不思議そうにきく。

「いや、なんでもない」

　あまりにも順調な商売の滑り出しに、信三はかえって不安になっていた。何かが間違っている。そんな気がしないでもなかった。

　だが、茂太は前向きだった。

「どうだえ、奉公人をひとり雇わねえか」

「奉公人？」

「これからますます忙しくなりそうじゃねえか。店番をやってもらったら助かる」

「そうだが、このまま売れ続けるわけはない。いつか、売れ行きは落ちてくるんだ」

「いや、このぶんなら当面はだいじょうぶだ」

　茂太は自信に満ちていた。

「それより、今夜は『ひらかわ』に行ってみようじゃねえか」

「まだ、そこまでは……」

「いや。きのうは三十人の客があった。きょうだって、すでに十五人以上は来ているんだ。二十人の金で売上げは一両だ。今は毎日一両以上の売上げがある。これからもっと増えるに違いない」

その茂太の自信を裏付けるように、昼過ぎから夕方まで客は途切れることがないくらいやって来た。

その夜、信三と茂太は深川仲町の『ひらかわ』に上がった。

若い女中に案内されて二階の部屋に通された。三味線の音が聞こえてくる。茂太は芸者を呼ぼうと言い出したが、信三は反対した。

「商売が安定してからだ。まだまだ、そこまでいっていない」

茂太は不服そうだったが、次回は芸者を揚げるということでなんとか納得し、ふたりの女中を相手に酒を呑みはじめた。

ひとりは顔を見かけたことのある女中だったが、ちょっと前まで駕籠かきだったとは気づかれるはずもなかった。

築地の南小田原町で店をやっていると、茂太は女中に問われるまま答えた。信三が厠に立ち、戻ってくると、女中たちは茂太のことを築地の旦那と呼び、信三のことを番頭さんと呼んだ。

信三は茂太を睨みつけた。茂太はとぼけて猪口を口に運ぶ。女中に勝手なことを話したようだ。

女将が挨拶にやって来た。何度か顔を合わせているが、女将も駕籠かきだった男だとは気づきもしなかった。

「ご商売は何を？」

女将が茂太にきく。

「開運の白蛇の置物を知っているか」

茂太が言い出した。

「開運の白蛇ですか。そういえば、お客さんが仰（おつしや）っていました。その白蛇の置物を持っていると運が開けると」

女将が目を輝かせ、

「ひょっとして、その白蛇を商っているのですか」

と、きいた。

「そうだ」

「ほんとうに幸運が？」

細面で切れ長の目をしたおまきという女中がきく。

「ほんとうだ。ひとりの男は賭場に行く前に買い求めたら大勝ちした。別の男は富くじで三番富に当たったと礼を言いにきた。他にも、たくさんいる」

茂太は自慢げに言う。

「ほんとうなんですね。そのお客さんもいいことがあったって言ってました。欲しいわ。お金を払いますから、今度持って来てくださいますか」

女将が言う。

「いや、金はいらない。今度持って来よう」

茂太は鷹揚に言う。

「私も欲しい」

おまきが茂太にねだる。

「よし、おめえにもだ」

信三は憤然とした。茂太をたしなめようと声をかけたが、聞く耳を持たなかった。

女将が下がったあとは、女中たちはますます茂太に多く愛想を言い、茂太もすっかりその気になっていた。

信三は面白くなくなっていた。

茂太はおまきという女中が気に入ったようで、しきりにくどきはじめた。

「今度、簪でも買ってやろう」

茂太は気前よく言う。

「あら、おまきちゃんだけに？」

もうひとりの女中がわざとすねたように言うと、

「よし、ついでにおまえにも買ってあげる」

と、茂太は鼻の下を伸ばした。

信三はすっかりしらけ、酒の苦さしかわからなかった。

「そろそろ」

信三は引き上げようと茂太に声をかける。

「まだいい」

茂太は言う。

「いや、もう遅い」

「あら、番頭さんなのに、そんな言葉づかい。いくら幼なじみとはいえ、ご主人さまにはもっと別の言い方が」

おまきが咎めるように言う。

「いいんだ。こいつはそういう男だ」

茂太は平然と言う。

「俺は先に帰る」

信三は腰を浮かした。

「待て。俺も帰る」

茂太は渋々言い、

「すまないな。駕籠を呼んでおくれ。二丁だ」

「あら、番頭さんも？」

おまきは小声で茂太にきいた。

「駕籠は一丁でいい。俺は歩いて帰る。その代わり、ここはおまえが払っておけ」

信三は部屋を出て行こうとした。

「待てよ」

茂太が追ってきた。

「おまえは駕籠で帰れ。俺は番頭だからな」

信三は皮肉を言う。

「ちっ、つまらねえことですねやがって。俺だけが持てたことが気に入らねえのか」

茂太が吐き捨てた。

「おまえが持てた？　ばかも大概にしろ。おまえが主人だと言うからちやほやされただけだ」

信三が部屋を出ると、女将がやってきた。

「どうかなさったのですか」

「なんでもありません。勘定は主人からもらってください」

信三は『ひらかわ』を出た。底冷えのする夜だった。


永代橋を渡り、霊岸島から鉄砲洲稲荷の前に差しかかったとき、駕籠かきの掛け声が聞こえてきた。

やがて、駕籠が行き過ぎてから止まった。『駕籠虎』の駕籠だ。駕籠かきも知った男たちだった。

駕籠から茂太が降りた。

「すまなかった」

茂太は酒手を弾んだ。

「おめえたちがうらやましいぜ」

駕籠かきのふたりは信三にも言い、空駕籠を担いで引き返して行った。

茂太が近づいてきた。

「たかが酒の上のことじゃねえか。機嫌直せ」

「酒の上のことなのに、大事な商品をくれてやると約束したのか。いいか、おめえが白蛇を人にやるのは勝手だ。おめえが自分の金で買ってやるぶんにはいいが、ただはだめだ。いいな」

「やい、信三」

茂太は顔色を変えた。

「誰が今戸から品物を運んできたと思っているんだ。俺が大八車を引っ張って運んできたんだ。おめえなど、ただ店先で売っていただけじゃねえか。売れたのもおめえの働きじゃねえ。客の方から寄ってきただけだ。あんなの誰にでも出来る」

「少し金が出来ただけでずいぶんひとが変わったな」

信三は蔑むように見つめる。

「ひとが変わっただと？　たかが酒の上のことで」

「また、酒の上のことか」

　信三は口元を歪め、

「酒を呑んだから本心が出たんじゃねえか」

「なんだと」

　ふと向こうからひとが歩いてきた。

「こんな外で言い合ってもしかたねえ。家に帰ってからだ」

　茂太が言う。

「よし」

　信三は応じ、急ぎ足になった。

　信三はだんだん茂太との考え方、生き方の違いがはっきりしてきたように感じられ、このままいっしょにやって行くのは難しいと思うようになった。

　店に帰りついたが、信三は興奮している茂太に言った。

「今夜は話し合いはやめよう。一日経って、冷静になってから話をしよう。でないと、言い合いになりそうだ」

「いいだろう」

　茂太は一拍の間を置いて言った。

　その夜、信三は寝つけなかった。急に金が入るようになって、気が大きくなるのもわからなくはない。だが、まだ商売をはじめて半月も経っていないのだ。いい気になるのは早すぎる。

　信三は何度も寝返りを打っていた。

四

　肌を刺すような寒気の朝、剣一郎は髪結いに月代を当たってもらっていた。髪結いは剣一郎の髪を引っ張り、櫛で梳かしながら、

「近頃、開運の白蛇が評判なのですが、ご存知でいらっしゃいますか」

「開運の白蛇？　いや、知らぬ。なんだ、それは？」

　剣一郎は目を閉じたままきいた。

「とぐろになった白い蛇の今戸焼の置物です。南小田原町にある小さな店が『開運白蛇』として売り出したところ、効き目があるというのでかなり売れているのです」

「ほう、そういうものが流行っているのか」

　剣一郎は驚いた。

「へい。なんでも、ある職人がその白蛇を買って賭場に行ったら、大勝ちしたとか。また、ある男は白蛇を買ったあとに富くじを買い求め、三番富に当たったそうです」

「作り話ではないのか」

「いえ、この二件ともほんとうのことです。髪結いの親方が富くじに当たった男を知っていたんです。ですから、作り話ではありません」

「そうか。そんなに白蛇の置物は御利益があるのか」

　剣一郎は呟き、

「事件の早い解決が叶うなら、わしも欲しいぐらいだ」

　と、冗談まじりに言ったが、白蛇を買った者全員の運が開けるはずはなかろうと思った。博打の大勝ちも、くじに当たったのもたまたま白蛇の置物を買ったあとだったというだけではないか。

「ひとつ三百文するんです。それが飛ぶように売れているのですから、一番運が開けたのはその白蛇を売っている商家だと揶揄している向きもあります」

「三百文か。いい値をとるな」

　剣一郎は高いと思ったが、案外高価だからこそありがたく思えるのかもしれないと思った。商売だとしたらうまいやり方かもしれない。

「二十人が買えば六千文、だいたい一両です。今、一日に二十人以上の客は来ているみたいですから大儲(もう)けです」

「確かにその店の運が一番開けたようだ」

剣一郎は納得した。

「へい、お疲れさまでございました」

髪結いが剣一郎の肩から手拭(てぬぐ)いを外して言った。

「ごくろう」

髪結いが引き上げたあと、剣一郎が障子(しょうじ)を開けると、庭先に太助が待っていた。

「なんだ、そこで待っていたのか。寒かっただろう」

「いえ、お日様に当たっていれば寒くはありません」

「まあ、上がれ」

「へい」

剣一郎は太助を部屋に上げた。

差し向かいになるなり、太助は切り出した。

「きのう万福寺を調べてみました」

「うむ」

剣一郎は頷いて太助の話を聞く姿勢を整えた。

「万福寺の檀家を何人か訊ねたのですが、万福寺で賭場が開かれたことなどないということです」

太助は続ける。

「ただ、三年前までは何かの講が開かれていたようです」

「講？　何の講だ？」

「なかなか口が堅く、教えてくれないんです」

「隠しているというわけか」

「はい」

「それが賭場ということはあり得ないか」

「そのことはもう少し調べてみます」

「寺男から話を聞いたのか」

「はい。只野平四郎さまが聞いたのと同じことを言ってました。寺男は博打をやっていたと話しています」

「寺男と檀家の者たちの言うことが食い違っているのか」

「はい。寺男の言い分のほうが、嘘をつく理由がないだけに、檀家のひとより信用出来るように思えるのですが……」

「寺男はどういう縁で万福寺で働くようになったのだ？」

「口入れ屋の『斎田屋』からだと、檀家のひとが言ってました」

「熊蔵か」

剣一郎は熊蔵の顔を思い出した。あの男の温和な表情にごまかされてしまうが、面をかぶっているのだ。

実際はしたたかな男だ。

「よし。熊蔵に会ってみよう」

剣一郎は立ち上がった。


半刻（一時間）後、剣一郎は富岡八幡宮の近くにある『斎田屋』を訪れた。

編笠（あみがさ）をとって土間に入ると、帳場机の前から番頭が腰を浮かせ、

「これは青柳さま」

と、おもねるような笑みを浮かべた。

「熊蔵はいるか」

「はい」

番頭が答えたとき、奥から熊蔵が現われた。

「青柳さま」

上がり框(かまち)までやって来て、腰を下ろした。

「熊蔵、訊きたいことがある」

「はい」

「ここでいいか」

「すぐ済むことでしたら」

「そなたの返答次第だ」

「…………」

「では、訊ねる」

剣一郎は熊蔵が頷いたのを見て、

「万福寺の寺男はここで世話をしたそうだな」

と、切り出した。

「はい」

「三日前、そなたは只野平四郎に万福寺の名を出したな」

「ええ」

「その前に寺男に何か命じていないか」

「とんでもない」

熊蔵は否定する。

「太助」

剣一郎は太助に顔を向け、

「これから万福寺に行き、寺男を捕まえておくのだ。わしが用があるからと。決して寺男から離れるな。誰からも入れ知恵をされないように見張っているのだ」

「わかりました」

太助が土間を出て行ってから、

「さて。熊蔵」

と、剣一郎は改めて熊蔵を睨みつけた。

「もう一度訊ねる。寺男に何か命じなかったか」

「いえ……」

熊蔵の表情は強張った。

「もし、嘘だったら容赦(ようしゃ)はせぬ」

「青柳さま。寺男が嘘を言うかもしれないではありませんか」

「寺男は何のために嘘を言うのだ？　嘘をついたとしたら誰かに頼まれたからであろう」

「…………」

「熊蔵。そなたは奉行所の者を軽んじているようだが、あの者たちに対する仕打ちはわしに対する無礼と心得よ。そなたは深川では顔役という立場であるが、それが出来るのは奉行所が目をつぶっているからだ。お互い持ちつ持たれつの関係があった。だが、そなたが奉行所の者を軽くあしらうようなら、こっちも考えなくてはならぬ」

熊蔵は何か言おうとして口を開きかけたが、あえがせただけで声にならない。

「ともかく、万福寺について調べてからまた来る」

剣一郎は土間を出た。

霊巌寺の裏にある万福寺の山門をくぐった。本堂の脇で、太助が箒を持った男と話していた。寺男だろう。

剣一郎はふたりに近づいた。

「青柳さまだ」

太助が言うと、寺男は固まったように畏まった。

「名は？」

「へい。岩吉です」

「いつからここで働いているのだ？」

「三年前からです」

「どういう縁でだ？」

「それは……」

「岩吉さん。へたに隠し立てしないほうがいいですぜ」

太助が口を入れる。

「口入れ屋の世話でして」

「どこの口入れ屋だ？」

「『斎田屋』です」

「うむ」

剣一郎は頷いてから、

「そなたは、この寺で三年前まで賭場が開かれていたと話したそうだが、間違いないか」

「いえ、庫裏にときおりひとが集まっていたとお話ししただけです」

岩吉は言い訳を述べる。

「遊び人ふうの男が見張っていたと言うのは？」

「はて、そんなことを申し上げたでしょうか」

「いい加減なことを言ったのではないか」

「いえ、とんでもない」

「すると、同心の只野平四郎が勝手に聞き違えたと言いたいのだな」

「………」

「只野平四郎はそなたが賭場の件を匂わせたと言っている。どちらかが嘘をついていることになる。そなたは同心の只野平四郎が嘘をついていると言いたいのだな」

「いえ、そういうわけではなくて……」

岩吉はあわてた。

「どういうわけか」

「あっしが勘違いするような言い方をしたのがいけなかったのです」

岩吉は額(ひたい)にうっすらと汗をかきはじめていた。

「最近、『斎田屋』の誰かが訪ねて来なかったか」

「いえ」

半拍の間があった。

「嘘ではあるまいな。あるいはあとからまた勘違いでしたと言うことはないな」

「………」

「どうだ？」

「ありません」

「よし。もう一度訊ねる。『斎田屋』の熊蔵の使いがやって来て、八丁堀が来たら三年前まで賭場が開かれていたことを匂わせるようにと頼まれたことはないのだな」

「へい」

「もし、熊蔵が使いを出したことを認めても、そなたは頑(がん)として違うと言い切れるのだな」

「………」

「どうなのだ?」

岩吉は苦しそうに顔を歪めた。

「熊蔵はそなたに嘘を言わせ、同心の探索の攪乱を狙ったとしてお咎めを受けるかもしれぬ。それでも、あくまでも頼まれていないと言うのだな」

「それは……」

「どっちだ。これから住職に会ってすべてを話す。三年前のことをべらべら喋ったことで、そなたが住職の怒りを買わねばいいが」

「同心の旦那にはあっしが喋ったとは言わないでくれと頼んだんです。そういう約束で喋ったんです。それなのに住職に言うなんて……」

岩吉は不平を述べた。

「庫裏にときおりひとが集まっていたということも、話してはならないことなのか。それではまるで怪しい集まりだと言わんばかりではないか」

「青柳さま、住職を呼んで参りましょうか」

太助が口をはさんだ。

「よし、呼んで来い」

「はい」

太助は庫裏のほうに走って行った。

「あっしはもういいですか」

「いや、いっしょにいてもらおう」

「でも……」

「岩吉。そなたにやましいことがなければ堂々としておればよい」

やがて、太助が住職とともに戻ってきた。

「青柳さま。ここは寺社奉行の管轄でございます。二、三日前にも南町の同心がやってきました。まるで、ここで賭場が開かれているかのような振る舞いを」

住職はいきなり口にした。

「ある者からそう聞きました。そのことを確かめる必要がありまして。必要とあれば寺社奉行どのにお許しをいただいてから出直しもいたしましょう。なれど、そこまでする必要はなかろうかと思います。三年前まで庫裏で何かの講が開かれていたそうですね」

「誰がそのようなことを?」

住職が岩吉を睨んだ。

「檀家のひとりですよ」

剣一郎は岩吉をかばう。

「ご住職、いかがですか。お答えいただけませんか」

「答える必要はない」

「そうですか。わかりました。檀家全員を当たってみましょう。その上で、寺社奉行にお許しを得ます。失礼いたしました」

剣一郎がその場を去ろうとしたとき、

「お待ちを」

と、住職が呼び止めた。

剣一郎は住職に顔を向けた。

「檀家とはわしが話をする。明日、もう一度来てくださらんか」

「わかりました」

剣一郎は改めて挨拶をして引き上げた。

山門を出たところで、太助がきいた。

「檀家のほうは行かなくていいのですか」

「住職に任せればいい。ここで賭場が開かれていたというのは嘘だ。熊蔵が岩吉を使って探索の攪乱を狙ったのであろう。ただ念のために、三年前の集まりがなんだったかを知りたい」

「わかりました。で、これからどこに？」

「『駕籠虎』だ」

剣一郎は来た道を戻り、霊巌寺前を過ぎて永代寺門前町に向かった。

五

剣一郎は永代寺門前町にある『駕籠虎』の前にやって来た。駕籠が二丁、壁際に置いてあった。

広い土間に入る。板敷きの間にたくましい体つきの男たちがたむろしていた。

内儀らしい女が近づいてきて、剣一郎の顔を見てはっとした。

「青柳さまでは」

内儀は緊張したようにきいた。

「そうだ。信三と茂太に会いたい。今、いるか」

剣一郎は板敷きの間のほうを見た。

「信三と茂太ですか」

内儀は困惑したような顔をした。

「どうした？」

「じつはふたりはもう辞めました」

「辞めた？」

「はい。前々から駕籠かきがきつくなってきたと言っていたのですが、先日急に辞めてしまいました」

「今、どこにいるか知らないか」

剣一郎はまさかもう辞めているとは想像さえしていなかった。

「内儀（おかみ）さん」

板敷きの間のほうから声がかかった。

大柄な男が近づいてきた。

「じつは昨夜、茂太と信三に会いました」

「なに、どこで？」

内儀がきく。

「茂太を仲町の『ひらかわ』から乗せました」

「どういうことなのさ。まさか、茂太は『ひらかわ』の客だとでも？」

「そうでさ。あっしも驚きました。茂太の奴、羽織を着て、一端の商人ふうになっていました」

「茂太はひとりだったのか」

剣一郎はきいた。

「へい。駕籠に乗ったのは茂太だけでした。でも、霊岸島から鉄砲洲稲荷の前に差しかかったとき、ひとりで歩いて行く信三に会いました」

「なに、鉄砲洲稲荷だと」

「はい。信三も羽織姿でした。ふたりで『ひらかわ』に上がっていたんじゃねえかと思います。帰りは茂太だけが駕籠で、信三は歩いて帰ったんじゃないですかえ」

「ふたりの住まいはわかるか」

「茂太は駕籠に乗るとき、築地南小田原町にやってくれと言いました。鉄砲洲稲荷で信三に追いついたので駕籠から降りてしまいましたが、そこからは南小田原町まで歩いて行ったんだと思いやす」

「そうか」

『ひらかわ』できけば、わかるかもしれない。

「わかった。邪魔をした」

「青柳さま。信三と茂太が何かをしたのですか」

「いや、ふたりが乗せた宗匠頭巾の男のことで訊きたいことがあったのだ。ふたりがどうのというわけではない」

剣一郎はそう言い、『駕籠虎』の土間を出た。

仲町の『ひらかわ』は目と鼻の先にある。剣一郎は『ひらかわ』に向かいながら、信三と茂太が駕籠かきを辞めたのは、宗匠頭巾の男を乗せた直後だということが気になった。『ひらかわ』は黒板塀に囲われた大きな料理屋だった。

門は開いていたが、暖簾（のれん）はまだだ。剣一郎と太助は門を抜けた。

庭を掃除していた女中らしき女が、箒を動かす手を止めて顔を向けた。

「すまないが、女将に会いたい」

剣一郎は声をかける。

「はい」

女中は急いで箒をその場に置いて土間に入って行った。青痣（あおあざ）与力だとわかったようだ。

すぐ女中は戻ってきて、

「どうぞ」

と、土間に招じた。

上がり口に女将らしい女が膝を突いていた。

「青柳さまで。女将でございます」

女将が挨拶をした。

「昨夜の客のことで訊きたい」

「はい」

「昨夜、体のがっしりした男ふたりが客で来たはずだ。ひとりは歩いて引き上げたが、もうひとりは『駕籠虎』の駕籠に乗って帰って行った」

「はい。確かに」

「そのふたりに見覚えはないか」

「見覚え？　いえ、ありませんが……」

「名前を名乗っていたか」

「あの……」

女将は遠慮がちに、

「私どもはお客さまのことはお話ししないようにしているのですが」

と、訴えた。

「いい心掛けだ。答えられることだけ話してもらえればいい」

「わかりました」

女将は頷く。

「名前は信三と茂太とは言わなかったか」

「はい。そうです。茂太さんが主人で、信三さんが番頭だそうです」

「店の名はきいたか」

「いえ。ただ、開運の白蛇の置物が評判だと言っていました」

「なに、開運の白蛇？」

髪結いが言っていた白蛇の置物のことであろう。

「信三と茂太が白蛇の置物を売っているのか」

「はい。今、評判のようで、かなり売れているそうです」

駕籠かきを辞めたばかりで、どうしてふたりはそのような商売をはじめられたのか。前々から準備をしていたのか。

「わかった。ついでにもうひとつ訊きたい」

剣一郎は思いついて、

「もう半月ほど前になると思うが、宗匠頭巾に十徳姿の三十半ばぐらいの男と商家の旦那ふうの男がやって来たと思うが？」

「はい。いらっしゃいました。そのことで、廻り方の旦那が話をききにやって来たことがあります」

「うむ。その後、そのふたりはやって来たか」

「いえ。お出でになりません」

「そのふたりについて何か気づいたことはないか」

「廻り方の旦那にも訊かれましたが、何も……」

「ふたりは酒をどのくらい呑んだか覚えているか」

「お酒ですか」

女将は首を傾げ、

「そういえば、お酒はあまり召し上がらなかったようです」

「ふたりともか」

「はい」

わざと控えていたのではないか。やはり、鉄砲洲稲荷裏で殺されたふたりを誘き出すために『ひらかわ』を利用したのだろう。

「宗匠頭巾の男は駕籠で帰ったな」

「はい。そうでした」

「見送りに出たか」

「はい」

「そのとき、何か気づいたことはなかったか」

「気づいたことですか」

　女将は首をひねったが、

「そういえば、駕籠に乗る前に通りの向こうに目をやって微かに笑みを浮かべたように見えました」

「笑みを浮かべた？」

「ええ、私にはそのように見えました。でも、一瞬でしたので、ほんとうに笑ったのかどうか自信はありませんが……」

「男の目の先に何があったか、見ていないか」

「ひと影が見えました。でも、暗がりでしたので、よくわかりません」

「そうか。よく覚えていてくれた」

　剣一郎は礼を言い、『ひらかわ』を出た。

宗匠頭巾の男は、ふたりが見張っていたことに気づいて、ほくそ笑んだのに違いない。やはり、誘き出したのだ。

そうだとすると、なぜ鉄砲洲稲荷までふたりを引っ張って行ったのか。鉄砲洲稲荷に何があるのか。

「これから築地ですね」

太助がきく。

「太助は開運の白蛇のことを知っていたか」

「ええ。お得意さんの内儀さんが持っていました。飼い猫がいなくなってしまったんで、願いが叶うならと買い求めたそうです。それと同時に、あっしに猫捜しを頼んだんです。あっしが猫を捜しだしたのに、白蛇の御利益だとはしゃいでいました。あっしの手柄だと思うんですが……」

太助は愚痴を漏らした。

「そうか。それはついていなかったな」

剣一郎は笑ってなぐさめる。

永代橋を渡り、霊岸島に渡る。駕籠がどの道を通ったかわからないが、ところどころに空き地もあり、人気のない場所はいくらでもあった。

夜であれば真っ暗だ。なぜ、宗匠頭巾の男は鉄砲洲稲荷まで行ったのか。

立ち止まった剣一郎を不思議そうに見て、

「青柳さま、どうかなさったのですか」

と、太助がきいた。

「宗匠頭巾の男は、遊び人ふうの男たちが尾けてくるのを知っていたのだ。はじめから殺すつもりだったのなら、なぜ早く始末しなかったのか」

剣一郎は疑問を口にする。

「それは、こんな場所で降りたら駕籠かきに不審に思われるからではないんですか。鉄砲洲稲荷なら御参りという言い訳が出来ます」

「確かに一理ある。だが、この辺り(あた)で降りても、住まいはこの近くにあると思うだろう」

「そうですが、でも……」

太助はなぜ、そこまで気にするのかわからないようだった。

剣一郎は先に進み、稲荷橋を渡って鉄砲洲稲荷の前に差しかかった。

「ここで降りて、宗匠頭巾の男は境内に入って行った。ふたりを誘い込み、裏口から出たのであろう」

最初から襲う場所をここに決めていたのかもしれない。なぜ、ここだったのか。骸(むくろ)の発見を遅らせるためだとも思えない。

「わからん」

剣一郎は呟き、南小田原町に向かった。

近所で、開運の白蛇を売っている店ときくと、すぐ『二人屋(ふたりや)』という名が返ってきた。信三と茂太がやっているということから名づけたのだろうと想像出来る。『二人屋』の前に行くと、店の前に何人もの客がいた。その客が捌(さば)けるのを待ち、四半刻(三十分)後にようやく客の姿が消えた。

編笠のまま、剣一郎は店先に立った。

「申し訳ありません。白蛇は売り切れでして……」

三十半ばぐらいの男がすまなそうに言う。

「いや、客ではない」

剣一郎は編笠をとった。

「青痣与力さま……」

男は小さく呟いた。

「そなたが信三か、それとも茂太か?」

「はい、信三です。何か」

男は用心深く答えた。

「『駕籠虎』で駕籠かきをしていたそうだな」

「そうです……」

奥からもうひとりの男が顔を出した。

「茂太か」

剣一郎は確かめる。

「へい」

「訊きたいことがある。店番があるだろうから、どちらかひとりでいい」

「わかりました。私が」

信三が申し出て、

「どうぞ、お上がりください」

と、招じた。

「では」

剣一郎は腰から刀を外し、太助とともに部屋に上がった。

「こちらへ」

庭に面した部屋に案内した。

表情の硬い信三と差し向かいになった。

「駕籠かきを辞めてここで商売をはじめたのはどういうきっかけからだ」

剣一郎は切り出す。

「前々からの知り合いだったお方に勧められまして」

信三は目をそらして言う。

「どういう知り合いだ？」

「へえ。いつも駕籠に乗っていただいていたお客さんでして」

「名は？」

「寛吉さんと仰います」

「年齢は？」

「さあ、四十過ぎでしょうか」

「なぜ、寛吉はここで商売をやるように勧めたのだ？」

「駕籠かきがだんだん辛くなってきたという話を前々からしていて、そのことを気に留めていてくれたみたいなんです。この家を使っていいからここで商売をやってみろと」

「元手は？」

「ちょっとは貯えていましたから。足りない分は貸してくださいました」

「ずいぶん、親切だな」

「はい」

「寛吉は今はどこに住んでいるのだ？」

「商売で上方に行っています」

「上方に？」

「はい。上方に行くことになったので、家が空くから使えと」

「上方に行くから家が空く？」

「はい」

「さっきはそんなことは言っていなかったな」

「えっ？」

「まあいい」

剣一郎はそれ以上深入りせず、

「なんの商売をしていたのだ？」

「よく知りません」

「知らない？」

「はい。寛吉さんが言おうとしないので、こちらから深くはききませんでした」

「もう寛吉は江戸にいないということか」

「はい。そう思います」

「半月ほど前に、仲町の『ひらかわ』から宗匠頭巾の男を駕籠に乗せたな。それが寛吉ではないのか」

「……いえ、違います」

声が震えを帯びているように感じられたが、嘘をついているせいかはわからない。

「寛吉をいつもどこからどこまで乗せていたのだ？」

「決まっていません。富岡八幡宮の前からだったり……」

「寛吉とはどのような約束になっているのだ？」

「帰ってくるまで留守を守ってくれと」

「帰ってくる予定は？」

「半年先です」

「そなたから見て、寛吉はどんな男なのだ？」

「親切なお方です」

「なぜ、そなたたちに親切なのだ？」

「気に入っていただいたんだと思います。上方から帰ったら私たちを奉公人に雇いたいと言ってました。ですから、私もお願いします、と」

「今のこともさっきは言っていなかったな」

「………」

「寛吉のことを知っている者は他に誰かいるか」

剣一郎は話を進めた。

「いえ」

「では、寛吉の知り合いを知っているか」

「いえ」

「知らないのか」

「はい」

「どうやら寛吉は謎の男だな」

「私たちには恩人です」

「どうもわしには、宗匠頭巾の男と寛吉とが同じ人物のように思えるのだが

「……」

「違います」

「では、宗匠頭巾の男について訊ねる」

「はい」

「『ひらかわ』から乗せた宗匠頭巾の男は、行先をどこと言ったのだ？」

「鉄砲洲稲荷です」

「南小田原町、つまりここではないのか」

「違います」

信三はあわてたように言う。

「そなたはふたりの男が駕籠を尾けてくるのに気づいていたか」

「いえ、まったく気づいていませんでした」

「いつ気づいた？」

「鉄砲洲稲荷で宗匠頭巾の男を降ろして引き返すとき、ふたりの男とすれ違ったのです。ふたりは宗匠頭巾の男を追うように境内に入って行ったので、もしかしたらと思っただけです」

「その後、宗匠頭巾の男と会ったことはないか」

「ありません」

「今までの話は、茂太も承知のことだな」

「いえ。主に寛吉さんと私で話しました。茂太は私の言うなりに動いているだけです」

「なるほど。同じことをきいても、茂太には答えられないことがあるということだな」

「はい」

「よし、わかった。忙しいところをすまなかった」

「えっ。わかってくだすったんで？」

「うむ。邪魔をした」

剣一郎は、ほっとした表情の信三に声をかけて立ち上がった。

店にはまた客が並んで、茂太が忙しく応対していた。

築地本願寺のほうに向かう途中、太助がきいた。

「信三の話はほんとうなんでしょうか」

「作り話だ」

「えっ、作り話？」

「あの場で苦し紛れに言いだしたことだ。前もって考えていたなら、もう少し整然と話が出来たはずだ。問いかけがあってはじめて考えて答えるから、つぎはぎのような答えになったのだ」

「と言いますと？」

「寛吉と言っていた男はおそらく宗匠頭巾の男だ。太助、夜になったら今の店の様子を見に行くんだ。宗匠頭巾の男がやって来ているかもしれない」

「わかりやした。一気に宗匠頭巾の男に近づきましたね」

太助は勇んで言うが、剣一郎はまだ核心からはほど遠いような気がしてならなかった。

第四章　陰の男

一

翌日の夜、売上げの勘定をしながら、

「まったく嘘みてえだ。金が入るときは、こんなにも簡単に入ってくるものなんだな」

と、茂太がほくそ笑んでいる。

「奉公人を雇い、さらに大きく売っていこうじゃねえか。それと、どこかに出店を作らねえか。そこでも売れれば、遠くてここまで来られねえ客が買いに来るはずだ」

「茂太。いい気になるな」

「なに？」

茂太が険しい顔を向けた。

「こいつは夢みたいなもんだ。こんなことがいつまでも続くはずない」

信三はたしなめるように言う。

「いつまでも続くはずないことはわかっている。だが、それはもっと先の話だ。今はどんどん売りに出すんだ」

「…………」

「信三」

茂太は改まった。

「じつはきのう今戸に仕入れに行く途中、田原町で貸しに出ている店を見つけたんだ。今戸に近いし、観音さまの参詣客も取り込める」

「そこで商売を？」

「そうだ。ここの出店だ。そこには俺が行く」

「…………」

「信三。俺たちは考えも違う。別々になったほうがいい。いっしょにやっていたらぶつかり合うだけだ。そうじゃねえか」

「俺は反対だ」

信三は困惑した。

「あくまでもここの出店だ」

茂太は強調したが、本心は別にあると思った。自分ひとりでやりたいということだろう。

「ここは藤吉さんが借りているから家賃はいらねえ。だが、新しく借りるところは家賃を払わねばならない。その家賃は誰が払うのだ?」

信三は続ける。

「それに俺たちはひとりで店を切り盛りできねえ。奉公人がそれぞれに必要になってくる。ふたりも雇わなくちゃならねえ」

「確かに出費はあるが、それ以上に実入りが増えるはずだ」

「それもほんの僅(わず)かな間だけだ。すぐ売れなくなる」

「おめえみたいに悪いことばかり考えてちゃ、商いは大きく出来ねえ。ともかく、俺は俺の好きにやらせてもらうぜ」

「茂太」

信三が続けようとしたとき、勝手口で音がした。

やがて、藤吉が顔を出した。

いつもの弁慶縞の着流しで、相変わらず眼光は鋭いが、柔らかい顔つきだった。藤吉が何をしようとしているかわからないが、事がうまく運んでいるのだろうと思った。

「あっ、藤吉さん」

茂太が声を上げた。

「だいぶ売れているようだな」

開口一番、藤吉は開運の白蛇の売れ行きを口にした。

「きょうは今までで一番売れましたぜ。五十は出ました」

茂太が声を弾ませた。

「五十か、そいつはすごいな」

藤吉は口元に笑みを湛えたが、信三の顔を見て、

「どうした、浮かない様子だな。あまり売れすぎて怖くなったか」

と、冗談まじりに言う。

「それもあります」

「それも？」

「藤吉さん」

信三は居住まいを正して、

「昨日、青痣与力がここにやって来たんだ」

「なに、青痣与力だと」

藤吉の顔色が変わった。

「どうしてここに？」

「宗匠頭巾の男のことを訊くために、『駕籠虎』にあっしたちを訪ねたようなんです」

「だが、どうしてふたりがここにいるとわかったんだ？　他の駕籠かきに話したのか」

「いえ。じつは……」

信三は言い淀んだ。

「なんだ？」

藤吉の顔に凄味が走った。かつて見たことのない顔つきだ。

「茂太、おまえから言え」

信三は責任を押しつけるように言う。

茂太は顔を歪めた。

「茂太。何があったんだ?」

「じつはふたりで仲町の『ひらかわ』に上がったんです。その帰り、『駕籠虎』の駕籠を頼んで……」

「なんだと、それで駕籠に乗ったのか?」

「茂太だけだ。俺は歩いて帰った」

信三は口をはさむ。

「それで、昔の仲間にここにいることを話したのか」

「いえ」

「話してない? なら、どうして青痣与力にここがわかったんだ? そうか、『ひらかわ』で話したんだな」

「つい、開運白蛇のことを……」

「茂太がいい気になってべらべら喋ったんだ」

信三は茂太を睨みつける。

「てめえだって同罪だ」

「なんだと」

「ふたりともやめるんだ」

藤吉が口を入れ、

「青痣与力がやってきた事情はわかった。で、何を訊かれた？」

「あっしらがどうしてここに住んで商売をはじめたかってことです」

「どう答えたのだ？」

「以前から駕籠に乗ってくれた四十過ぎの寛吉というひとが商売で上方に行くので、その間、留守番代わりに店を借りたと話しました」

「どうして商売をはじめられたのかと訊かれただろう」

「寛吉さんから元手の一部を出してもらったと。寛吉さんが江戸に戻ったら奉公人として雇ってもらう約束になっている。寛吉さんのことは詳しくわからない。そう話しておきました」

信三は青痣与力に話したことをすべて伝え、

「これじゃ、いけなかったですかえ」

と、きいた。

「いや、それしかなかっただろう」

藤吉は見えない何かを睨みつけるように目を細めた。

「藤吉さん。俺たちはどうすればいいんだ?」

「今の話の通りでいいだろう。商売を続けな」

「青痣与力は嘘だと気づいているかもしれませんぜ」

「心配するな」

信三は迷ったが、思い切って切り出した。

「藤吉さん。そろそろ藤吉さんの素性を教えていただけませんか」

「おめえたちは知らないほうがいい」

「このままでは気持ちが落ち着きません。駕籠を尾けてきた男たちを殺したのは、藤吉さんですね。あのふたりは何者なのですか」

「賭場の三下だ。賭場での遺恨で追ってきた。殺らなければこっちが殺られる」

「藤吉さんは博打打ちなんですか」

信三は確かめる。

「そうだ」

「もうひとつ教えてください。あのとき、下谷広小路にある紙問屋『上総屋』に文を持って行かせましたね。主人の嘉兵衛は小判のようなものを寄越しました。あれは何だったのですか」

「博打の負け金の回収だ」

「博打の金？　でも、何であっしらに託したんですか。次の日、藤吉さんが受け取りに行けばよかったんじゃないですかえ」

「知りたいのか」

藤吉は冷ややかな目を向けた。

「はい」

「この家だ」

「この家？」

「俺が住んでいたが、別の場所に引っ越さねばならなくなった。それで、この家に住んでくれる者を探していたのだ。それでおめえたちふたりを試した」

「試した？」

「金を猫ばばするような輩かどうか」

「それで使いを？」

「そうだ。おめえらはちゃんと金を届けた。信頼出来ると思って、この家を貸したのだ。商売をやらしたら思いがけぬ繁盛だ。そこまで考えなかった。ただ、ここで何か商売をしてもらっていればよかったんだ」

「あっしらにここで商売をさせたのは世間の目をごまかすためだったってことですか」

「そうだ。おめえたちはこのままここで商売をやっていけばいいんだ。あとは俺だけの事情だ」

「藤吉さんにとって、ここは何のための家なんですかえ」

信三はさらにきいた。

「知らなくていい」

「どうしてですか」

「あくまで、俺とは赤の他人で通しておくのだ。だから、よけいなことは知らないほうがいい」

「でも、あっしらは藤吉さんの仲間じゃないんですかえ。藤吉さんを決して裏切らないと約束して、この家にも住まわせてもらっているんです」

「だからだ」

「えっ?」

「仲間だと思うから、俺のやることは知らないほうがいい。おめえたちの雇い主は今上方に行っている寛吉だということで押し通すのだ」

か」

「藤吉さんがやろうとしていることの手伝いは、あっしらじゃあ出来ないんです

茂太が口をはさんだ。

「気持ちだけ受け取っておく。それから、開運白蛇だが、いつまでも売れるとは思うな。いまのうちに次の手を打っておくのだ」

そう言って、藤吉は立ち上がった。

「じゃあ、俺は引き上げる。青痣与力の手の者が見張っているかもしれぬ。もし、俺のことを訊かれたら、白蛇を求めに遠方から来た客だと言っておけ」

藤吉は鋭く言い残して引き上げて行った。

「まっとうな人間じゃねえとはいえ、ふたり殺して平然としていられるんだ。やはり、藤吉さんはただ者じゃねえ」

茂太が不安そうに言い、

「でも、堅気(かたぎ)の者に悪さをするようなひとじゃねえ」

と、言い切る。

「確かに、そうだが……」

「ともかく、藤吉さんの言うとおりにしよう」

茂太が言う。

「それでいいのだろうか」

信三は自問した。

「何がだ?」

「藤吉さんに殺された者は、殺されても仕方のねえ連中かもしれねえ。でも、そういう奴らにだって家族がいるんだ」

「藤吉さんが言うように、赤の他人の話だと思えばいい。他人の詮索は無用だ。俺たちは俺たちの暮らしを守るために頑張るだけだ」

茂太は割り切ったように言う。

信三はすっきりしないまま、

「暮らしを守るためには今が大事だ。出店だなんて」

と、改めて出店を開くことに反対した。

「待て。出店は商いを大きくするためだ。白蛇はこれからだってもっともっと売れるはずだ。もっと強気で売っていくべきだ」

「おまえは出店だというが、ひとりでやっていきたいだけなんだろう?」

「そうじゃねえよ」

茂太は小さく呟く。

藤吉は出店の話を聞いてなんと言うだろう。おそらく、やめろと言うのではないか。だが、茂太は聞く耳をもつまい。

「信三。俺は明日、田原町に行ってくる」

茂太は当然のように言った。

「勝手にしろ」

信三は匙を投げたように言う。

「別々の生き方をしたほうがお互いのためだ。おめえだって、俺がいないほうが好き勝手出来る」

茂太は田原町に出店を開くつもりになっていた。いや、最初は出店だからとここの売上げから元手を出させ、田原町の店が順調に売上げを伸ばしはじめたら別々になろうと言い出すはずだ。確かに、浅草寺を控えた田原町のほうが売れるかもしれない。だが、藤吉から預かったこの店は守っていかねばならないのだ。

茂太は立ち上がった。

「ちょっと出かけてくる」

信三の顔を見ないまま言い、茂太は部屋を出て行った。

だ。

茂太とはもうやっていけないと、信三は悄然となった。考えてみれば、茂太は駕籠かきから足を洗いたがっていたわけではない。それを、信三が誘ったのだ。

茂太がこうなったのも信三に責任の一端があるかもしれない。いや、開運白蛇が思いがけず売れたことがいけなかったのかもしれない。

何の苦労もなくいきなり売れてしまった。だから、茂太は商売を甘く見るようになったのではないか。茂太は田原町に出店を持てば、仕入れも別々にやろうと言い出すだろう。田原町は今戸に近いが、築地まではかなりの道程だ。

これから、信三が大八車を曳かねばならなくなる。そうなると、店番を雇わねばならない。あるいは仕入れの運搬を誰かに頼むか。

信三は今後のことを考えているうちに、いつしか藤吉のことを思っていた。

藤吉はなぜ、この家を空けておけなくなったのか。単なる親切心からではない。藤吉にそうしなければならない事情があったのだろう。

その事情とは何か。藤吉は何かをやろうとしているようだ。藤吉は賭場でのいさかいで、駕籠を尾けてきた男たちを殺したと言ったが、尾けてきた男に藤吉を襲うつもりはなかったのではないか。人気のないところは、鉄砲洲稲荷までいくらでもあった。

つまり、藤吉の住まいを突き止めようとしたのだ。ここを突き止め、何をするつもりだったのか。

藤吉はなぜ、あのとき宗匠頭巾に黒い十徳姿だったのか。その後、藤吉のその姿を見たことはない。普段は縞の着流しなのだ。

宗匠頭巾に黒い十徳姿……。信三の頭の中で何かが閃いた。

どこかで宗匠頭巾の男を見かけたことがあったような気がする。どこだったか……。

信三は懸命に思い出そうとした。そして、脳裏を走ったものがあった。

三月前だ。池之端仲町に住む金貸しの欣三が、湯島天神の男坂から足を滑らせて転落、頭を打って死んだという事故があった。

強欲な男で、取り立ても容赦なく、返済出来ず自殺に追い込まれた者もいた。だから、むしろ世間の者は喜びの声を上げたものだ。

あのとき、欣三を深川の料理屋から湯島天神まで運んだのが信三と茂太だった。妻恋坂から湯島天神の参道を行き、鳥居の前で降ろしたのだ。

欣三が鳥居に入って行くのを見届けて、そのまま引き上げた。欣三が男坂から落ちて死んだことを知ったのは、翌日のことだった。確か植村京之進という同心が聞き込みにきた。だから、深川の料理屋から湯島天神まで運んだことを話した。欣三はよく湯島天神に参拝していることから、参拝の帰り、過って足を踏み外したのだということになった。酔っていたのだから男坂ではなく、なぜ緩やかな女坂を下りなかったのかという疑問は残ったが、事故ということになった。

だが、欣三を降ろして引き上げるとき、頭巾をかぶった男とすれ違ったのだ。当時は、頭巾の男と欣三を結びつけて考えたことはなかった。

思えば、駕籠を尾けてきた男たちを殺した藤吉は、宗匠頭巾に十徳姿だった。まさか……。信三の脳裏にさまざまな考えが浮かぶ。

どのくらい考え続けていたのか。物音がしたが、信三は考えに没頭していた。あのとき、頭巾の男もすれ違った駕籠かきの顔を見ていたとしたら……。

「信三、どうしたんだ、そんなおっかない顔をして。そんなに俺のやり口が気に入らないのか」

いつの間にか戻ってきた茂太は、冷笑を浮かべた。

「茂太」

信三は声をかけた。

「なんだ？」

茂太は身構えるように顔を向けた。

「三月前に、金貸しの欣三を湯島天神まで運んだことを覚えているか」

「金貸しの欣三？」

思いがけぬ話だったので、茂太は怪訝そうな目を向けた。

「あのあと、欣三は男坂から落ちて死んだ」

「もちろん覚えている。なんだ、今頃」

茂太は信三の前に腰を下ろした。酒の臭いがした。

「欣三を降ろして引き上げかけたとき、すれ違った男がいたんだ。覚えているか」

「確かに、男とすれ違った。それがどうした？」

「どんな格好だったか覚えていないか」

「格好？」

茂太は眉根を寄せた。

「そうだ。思い出してみろ」

「確か、頭に何かかぶっていたな。あっ」

茂太は小さく叫んだ。

「宗匠頭巾だ」

「そうだ。すれ違った男は宗匠頭巾に十徳姿だった気がするんだ」

「まさか……」

茂太は目を見開いた。

「言い切れないが、藤吉さんではなかったか。俺の想像だが」

信三はそう断り、

「『ひらかわ』から乗った駕籠の駕籠かきが、湯島天神前ですれ違った男たちだと気づいたのではないか。だから、俺たちがそのときのことを覚えているか確かめるために使いを頼んだりしたのかもしれねえ」

「なぜこの家を使わせたのだ?」

「万が一、思い出したときに備え、口封じの意味があったとか」

「それで俺たちに何かと親切だったのか」

「そうだ」

「藤吉さんはいったい何者なんだ?」

「殺し屋かもしれない」

「殺し屋？」

茂太は唖然(あぜん)とした。

「藤吉さんが殺した相手は、あくどい奴らばかりだ」

「だが、殺し屋なら金をもらってひとを殺すのだ。堅気のひとも殺されているかもしれねえ。ひと殺しに変わりはない」

「…………」

「どうするんだ？」

茂太が信三の眼を見て続ける。

「青痣与力に訴えるのか」

「そんなこと出来やしねえ。俺たちは藤吉さんの仲間だ。もしも青痣与力に問い詰められても何も知らないと押し通す。いいな」

「わかった」

「ただ……」

信三は言い淀んだ。

「なんだ？」

「この家だ」

に貸した」

「なぜ、藤吉さんはこの家を借りていたのだろう。しかもそれをあっさり俺たち

「この家？」

「なぜだ？」

「用がなくなったからかもしれねえ」

「どういうことだ？」

「ひょっとして、この界隈に藤吉さんが狙う相手がいたのではないか」

「だとしたら、もう殺したということか」

「わからない。ただ、俺たちは藤吉さんのことにこれ以上深く関わるのをやめよう。藤吉さんもそれを望んでいるのだ」

「そうだな」

茂太はしんみり言う。

「茂太」

「なんだ？」

「おめえ、出店を開いていいぜ」

「どうしたんだ？」

「いや、別に」

藤吉のためにこの家を守るのだという思いに駆られた。殺し屋などという修羅の世界に生きているかもしれない藤吉だが、殺す相手は悪人だけだ。信三はそう信じたかった。

二

朝、出仕に備えて剣一郎は髪結いに月代を当たってもらいながら、なぜ宗匠頭巾の男が鉄砲洲稲荷裏で尾けていた男たちを殺したのか、そのことを考えていた。

剣一郎が考え事をしているのを髪結いは察したようで、今は話しかけてこない。

鉄砲洲稲荷が殺しの場所として都合がよいとは思えないのだ。ひょっとしたら、と剣一郎はある考えを持った。

あの界隈に、殺したことを知らしめたい相手がいたのではないか。だが、それは誰だろうか。殺されたふたりは遊び人風だった。その相手もいずれ善人ではないだろう。

「築地界隈も廻るか」

剣一郎はふと思いついて口にした。

「へえ、お得意さんもおります」

髪結いが髻を元結で結びながら答える。

「あの界隈で、性質のよくない評判の悪い者はいないか」

「性質のよくない男ですかえ。ごろつきということですね」

「いや、大店の人間とか武士でもよい。そうだな、勘当されそうな伜とか」

稲荷裏で殺されたふたりとつながっているかもしれない。小瀬直次郎のことを念頭において言う。

「そういえば、築地明石町に『渡船屋』という大きな船宿があります。あの界隈の武家屋敷の方々も利用しています。そこの新太郎という伜は評判よくありません」

「どうよくないのだ?」

「道楽者ですよ。博打に酒、そして女ですね。築地界隈ではあまり悪さをせず、深川などで羽目を外しているみたいです。得意先の旦那が、深川の料理屋で女中に無体なことをしていたのを見たと言ってました」

「どういう連中とつるんでいるのだ？」

「賭場で知り合った連中のようです。あとは、旗本や御家人の部屋住みなんかですかね」

「なに、武士もいるのか」

「ええ。いるようです」

「そうか」

剣一郎は新太郎という男が気になった。ふたりの男を鉄砲洲稲荷裏で殺したのに新太郎を脅す狙いがあったとしたら……。

そうだとすると、殺された男は新太郎の仲間ということになるが……。だとしたら、直次郎も仲間か。

剣一郎は別の見方もあることに気づいた。

もしや、崎原三十郎は殺し屋を斃すために雇われただけで、おせつの一件にかかわりある直次郎の仲間は、殺されたふたりと新太郎なのかもしれない。

「つかぬことをきくが、新太郎は達者なのか」

「えっ、どういうことですか」

髪結いは不思議そうにきいた。

「そんな男なら ひとから恨まれているだろうからな」

「いえ、怪我をしたとも聞きませんが」

「そうか」

新太郎が直次郎の仲間なら、なぜ新太郎は無事なのか。新太郎は殺し屋の狙う相手ではないのか。

「へい、お疲れさまでございました」

髪結いが声をかけた。

「ごくろう」

剣一郎は髪結いをねぎらった。

道具を片づけて髪結いが引き上げたあと、太助が部屋に入ってきた。

「南小田原町の店に男が現われました」

太助は目の前に座るなり、切り出した。

「どんな男だ?」

「三十半ばの細身の男です。勝手口から入り、四半刻（三十分）余りで引き上げました。あとを尾けると、三河町四丁目のしもたやに入っていきました。しばらくして二階の部屋に明かりが灯り、男が窓から顔を出しました」

「気づかれなかったか」

「かなり離れて尾けていったので気づかれなかったと思いますが」

「よし。案内しろ」

「へい」

太助は元気よく答えた。

半刻（一時間）後、剣一郎と太助は神田三河町四丁目にやって来た。

「あそこです」

町外れにあるしもたやを指し示した。

剣一郎はそこに向かった。

戸を開け、

「ごめん」

と、剣一郎は声をかけた。

薄暗い奥から年寄がやって来た。

「すまぬ。こちらに三十半ばぐらいの男がいると聞いたのだが……」

「いえ。私どもは夫婦ふたり暮らしです」

「そんなはずはない。昨夜、この家に入って行ったのを見た」

　太助が一歩前に出て言う。

「昨夜の？　ああ、あのお方は貸間(かしま)の札(ふだ)を見てやって来たのです。部屋を見せて欲しいというので二階の部屋に案内しました」

　年寄が嘘をついているようには思えない。確かに、軒(のき)下に貸間ありの木札が下がっていた。

「二階の部屋を間借りしたいと言っていたのか」

　剣一郎は確かめる。

「はい。どうしても仕事の都合で、夜分にしか見に来られないということでした」

「そんな……」

　太助は憤然(ふんぜん)とした。

「男の名は？」

「いえ、聞いていません」

「男はなんと言って引き上げた？」

「少し考えて出直すと。でも、もう来ないと思います。気に入った様子はありませんでしたから」

「軒下の貸間ありの木札はいつから出しているのだ?」

「四、五日前からです」

「そうか。わかった」

剣一郎は礼を言って引き上げた。

「気づかれていたなんて……」

太助は悔しそうに言う。

「信三たちからわしがやって来たことを聞いて、見張りがつくことを予期していたのだろう」

「すみません」

「謝ることはない。これでかえって怪しいということがわかった。相手は出し抜いたつもりだろうがな」

悄気ている太助をなぐさめ、

「これから築地明石町の『渡船屋』に行く」

「髪結いが言っていた新太郎って伜に会うんですね」

「直次郎の仲間かどうかわからんが、いちおう確かめておく」

「へい」

剣一郎と太助は半刻（一時間）後に明石町にやって来た。

『渡船屋』は船宿にしては大きく、料理屋のような建物だった。家人の出入り用の戸口に向かい、剣一郎は格子戸を開けた。

出て来た女中に新太郎への取次ぎを頼んだ。

「はい。少々、お待ちください」

女中は奥に引っ込んだ。

しばらくして、二十五、六の男がやって来た。青ざめた顔で、頬もこけている。怯えたような様子で、上がり框の前までやって来た。

「新太郎か」

剣一郎は声をかける。

「そうです」

声にも力がない。

「南町の青柳剣一郎と申す。そなたに訊きたいことがある」

「はい」

新太郎は畏まって答える。

「ここでいいか」

「えっ？」

「家人に聞かれてもいいか」

「いえ」

新太郎はあわてて首を横に振った。

「ならば、場所を変えよう」

「はい」

「そなたの部屋は？」

「いえ、外のほうが」

「いいだろう。では、明石橋で待っている」

「はい。すぐ行きます」

新太郎は強張った声で答える。

剣一郎は外に出てから、

「新太郎がちゃんと来るか見張ってくれ」

と、太助に言う。

「へい」

太助を残して、先に明石橋まで行った。

新太郎は、どこか怯えているように、目の動きに落ち着きがなかった。

橋の袂(たもと)で待っていると、新太郎がやって来た。その後ろから太助がついてきた。

剣一郎の前に来て、軽く頭を下げた。

「旗本の次男坊小瀬直次郎どのを知っているか」

剣一郎はさっそく切り出した。

「はい」

返事まで、一拍の間があった。

「どういう間柄(あいだがら)か」

「知り合いです」

「遊び仲間か」

「はい」

「どこで知り合った?」

「深川の料理屋です。気に入った女がいっしょだったので、いつしか言葉を交(か)わすようになって」

「いつごろのことだ？」

「一年ほど前からです」

「富岡八幡の境内にある水茶屋の茶汲み女だったおせつを知っているな」

「…………」

新太郎は息を呑んだようだ。

「どうだ？」

「はい」

「どうして知っているのだ？」

「直次郎さんと行ったことがあるので」

「おせつがどうなったか知っているな」

「…………」

新太郎は俯いた。

「おせつは騙されて料理屋に誘いだされ、直次郎に凌辱された」

「…………」

新太郎は苦しそうに顔を歪めた。

「その場に、そなたもいたのだな」

新太郎は俯いたままだ。

「先日、鉄砲洲稲荷裏でふたりの男が殺された。知っているな」

「ええ」

「このふたりはそなたの仲間ではないか。おせつを誘い出した男たちだ」

「…………」

「どうなんだ？　黙っていても、いつかわかることだ」

「ひとりは、直次郎さんの屋敷で中間をしていた男です」

「なに、中間だったと？」

「中間を辞めたあとも、直次郎さんが家来のように使っていました」

「もうひとりは？」

「中間だった男の知り合いです」

「いつもその四人でつるんでいたのか」

「はい」

新太郎は認めた。

「直次郎がおせつを手込めにしたとき、そなたもその場にいたのか」

「………」

「どうなんだ?」

「それは……」

新太郎は言い淀んだ。

剣一郎はあっと思った。

「そうか。そなたもおせつを凌辱したのか」

新太郎はびくっとした。

「だから、殺し屋はそなたを狙っているのか」

「………」

「殺し屋に狙われていることを知っているな、どうなんだ?」

「知ってます」

「どうして気づいたのだ?」

「直次郎さんが行脚僧の男に襲われたことを聞き、私も用心していました」

「崎原三十郎という浪人を知っているか」

「知っています。直次郎さんが中間だった男に頼んで、雇った用心棒です」

「どこでだ?」

「口入れ屋の『斎田屋』の世話です」

「『斎田屋』だと？　ひょっとして、中間だった男は？」

「そうです。『斎田屋』の世話で直次郎さんの屋敷に奉公に上がった男です。中間を辞めてからは、『斎田屋』に居候していました」

「そうだったのか」

熊蔵は知っていてとぼけていたということだ。

「崎原三十郎に殺し屋を始末させようとしたんだな」

「そうです」

「殺し屋の正体はわかっていたのか」

「直次郎さんが囮になって、深川辺りを歩きまわっていたのです」

「現われたのだな」

「はい。宗匠頭巾の男が現われたそうです。ところが、崎原三十郎はあっさり斬られてしまいました。直次郎さんはその場からすぐ逃げたそうです」

「そうか。あとには崎原三十郎の死体だけが残ったというわけか」

「はい」

「その後、中間だった男ともうひとりは、仲町の『ひらかわ』から引き上げる宗匠頭巾の男のあとを尾けた。ふたりは宗匠頭巾の男の行先を突き止めようとしたのだな」

「そうだと思います」

「宗匠頭巾の男が『ひらかわ』に上がることを、どうしてふたりは知ったのだ？」

「『斎田屋』の主人から聞いたそうです」

「熊蔵から？　どうして熊蔵はそのことを知っていたのだ？」

「宗匠頭巾の男が崎原三十郎を雇った男のことで『斎田屋』に現われたそうです。そのとき、宗匠頭巾の男が今夜『ひらかわ』にいるからその男を寄越して欲しいと言伝てして帰ったようなんです」

「なるほど。それで、ふたりは宗匠頭巾の男の素性を確かめようとして、駕籠のあとを尾けたのだな。だが、鉄砲洲稲荷裏でふたりは殺された」

「…………」

新太郎は唇を嚙みしめた。

「で、殺し屋はまだそなたの前に現われてないのか」

「いえ、先日とうとう私の前にも現われました」

「なに、現われた?」

「はい。宗匠頭巾の男でした」

「なぜそのときそなたを見逃した?」

剣一郎は訝(いぶか)った。

「おせつを手込めにしたのは誰だときかれました」

「確かめようとしたのだな。それで?」

「黙っていたら、おまえも手を出したのではないかと……」

新太郎は苦しげに、

「私が答えられずにいると、相手は私もいっしょになって手込めにしたのではないかとききました。正直に言えば、殺さないと言ったので……」

「正直に答えたのだな」

「はい」

新太郎は俯いた。

「約束どおり、相手は殺そうとしなかったのか」

剣一郎は不思議に思ってきいた。

「はい。その代わり、おせつの墓の前で詫(わ)びろと命じました」

「おせつの墓の前で？」

　剣一郎はきき返す。

「五日以内におせつの墓に行かないと、仲間の男たちのように殺すと脅されました」

「五日以内？　五日というといつになる？」

「今夜です」

「今夜中におせつの墓に行かないと殺すということか」

「はい」

「で、そなたは今夜おせつの墓に行くつもりか」

「行きます。行かなければ……」

　新太郎は身をすくめた。

「何刻に行くのだ？」

「暮六つ（午後六時）に行けという指示です」

「暮六つ？」

「おせつが川に飛びこんだ刻限です」

「おせつが死んだ刻限に……」

罠ではないか。おせつの墓の前で新太郎を殺す。罪を悔いて自害したと見せかけて殺すのかもしれぬ。

剣一郎はとっさにそう思い、そのことを口にした。

「しかし、毎日びくついて暮らしています。今日行かなければ、これから怯えた暮らしをしなければなりません。もう、まっぴらなんです」

新太郎は激しく言う。宗匠頭巾の男の思惑どおり、新太郎はじわじわと追いつめられていたのだ。

「殺し屋は直次郎のほうはどうするつもりなのだ？　何か言っていたか」

「いえ、何も」

「そうか。で、おせつの墓はどこにあるのだ？」

「小名木川沿いにある天夕寺です」

「天夕寺か。よく話してくれた」

「はい」

「もういい。太助、送っていけ」

「へい」

太助とともに引き上げて行く新太郎の後ろ姿を見送りながら、剣一郎は改めて殺し屋を雇ったのは何者なのかと考えた。

おせつの墓の前で自害に見せかけて殺すというのは、頼んだ者の希望ではないのか。そうなると、やはり殺し屋を雇ったのはおせつに近しい者ということになるが……。おかしくなってしまった母親、祝言を控えた『杉田屋』の彦太郎以外に誰がいるのか。

三

太助が戻ってきて、剣一郎は明石橋を離れ、南小田原町にある『二人屋』に赴いた。

相変わらず、客が並んでいた。剣一郎は商売の邪魔をしないように少し離れたところで待つことにした。

「すごい人気ですね」

「これほど売れているとはな」

博打で大勝ちした話や富くじに当たった話に、皆が食いついてきたのだ。庶民は何かに縋りたいのだろうか、何か異様な光景にしか見えなかった。

あとからあとから客が集まってくるようだった。

「青柳さま、いけません。これじゃ、いつ客が引けるかわかりません」

太助が悲鳴を上げた。

「うむ」

剣一郎も出直すしかないと思った。

「自身番に寄り、寛吉についてきいてみよう」

そう言い、剣一郎は自身番に向かった。

玉砂利を踏んで上がり框の前に立つ。

「これは青柳さま」

詰めていた月番の家主が挨拶をした。

「ちょっと訊ねるが、この並びに『二人屋』という店があるな」

「はい。今、白蛇の置物で有名です」

「あの家の家主はいるか」

「私でございます」

もうひとり詰めていた家主が火鉢の前で振り向いた。

「ちょうどよかった。あの家の借り主は誰だ?」

剣一郎はきいた。

「松蔵(まつぞう)というひとです」

「松蔵？　寛吉ではないのか」

「いえ。松蔵さんに間違いありません」

「いくつぐらいの男だ？」

「四十ぐらいの小柄なお方でした」

「四十ぐらいの小柄……」

深川仲町の『ひらかわ』で、宗匠頭巾の男と会っていた男に特徴が似ているようだ。だとしたら、宗匠頭巾の男とあの店がつながることになる。

「松蔵の身許(みもと)は確かなのか」

「はい。下谷広小路にある紙問屋『上総屋』の番頭さんです」

「番頭？」

「はい。知り合いに商売をさせようと思っていると仰(おつしや)っていました」

「いつからだ？」

「ふた月前です」

剣一郎は思いを巡らせた。おせつが自害したのは三月(みつき)前……。

「邪魔をした」

剣一郎は礼を言って引き上げた。

『二人屋』に戻ると、店先で怒鳴り声が聞こえた。

「青柳さま。何かもめているようですね」

太助が不審そうにきいた。

「代金を返せ」

客の男が怒鳴っている。

「そんなご無体な」

信三が相手をなだめている。

「今戸焼の土人形を白く塗りたくっただけじゃねえか。俺の周りでも運が開けた者はいねえぞ」

「それは……」

信三は言い淀んでいる。

「ちっ、このまま泣き寝入りか」

男は憤然とし、

「これはいかさまだ。騙されねえほうがいいぜ」

男は集まっていた客に向かって叫び、そのまま引き上げて行った。そのあとで異変が起きた。

客がひとりふたりと引き返しはじめた。それでもふたりほど白蛇を買って行ったが、ほとんどは買わずに帰って行った。

たちまち、店の前は閑散(かんさん)とした。

剣一郎は近づいて行って、茫然(ぼうぜん)としている信三に声をかけた。

「何があったのだ？」

「あっ、青柳さま」

信三は困惑したように、

「苦情を言いに来たお客さんに騒がれて……」

「いかさまだとか言っていたな。商売の邪魔をしに来たようだな」

「はい。おかげで一斉にお客さんがいなくなってしまいました。商売をしていると、このような邪魔が入るものなんですね」

信三は悔しそうに言う。

「評判になっているときいた。すぐ客は戻ってこよう」

「はい」

「ちと訊ねるが、昨夜ここに三十半ばぐらいの細身の男が来たな」

剣一郎は口を開く。

「お客さんのことですか」

「客？」

「はい。開運白蛇の置物を求めにきました」

信三の目が微かに動いた。

「客なのにどうして勝手口から黙って入って行ったんだ？」

太助がむきになって言う。

「いえ、黙ってではありません。声をかけられました」

信三は平然と言う。

「偽りを申すと、あとで困ったことになる。わかっているな」

「へい」

「ならばよい。もう一度訊くが、心して答えよ。昨夜ここにやって来た男は宗匠頭巾の男ではないか」

「違います」

「そうか」

剣一郎は信三の目を見つめ、

「そなたはこの家は寛吉という男が借りているものだと言っていたな。その寛吉は商売で上方に行っている、と」

「はい」

「妙だな」

剣一郎はわざと首を傾げた。

「何がでしょうか」

信三は不安そうな顔をした。

「この家は松蔵という四十ぐらいの小柄な男がふた月前に借りたそうだ」

「…………」

「松蔵の特徴は『ひらかわ』で宗匠頭巾の男といっしょにいた男に似ているようだ。そなたは寛吉と名乗った男に騙されているのか、あるいはそなたが何かを隠しているかだ」

剣一郎は迫った。

「宗匠頭巾の男は殺し屋と思われる。今も、この近くに住む男を狙っている。これ以上、ひと殺しをさせてはならない」

「………」

「教えてくれぬか。宗匠頭巾の男が殺し屋だとしたら、その男を雇っている者がいる。殺し屋は金で殺しを請け負っているだけだ。そなたは宗匠頭巾の男をかばっているとしたら、その背後にいる殺しを命じた者も守っていることになるのだ」

「私には何のことか」

信三は険しい表情で答え、

「おかしいな。さっきの騒ぎで客が帰ったとしても、新たな客が来てもよさそうなんですが」

と、外に目をやった。

行き交うひとは素通りしていく。

「商売は水物だ。こういうこともあろう」

剣一郎は言ったが、きのうまで客が殺到していたことを考えれば少し異様な気がしないでもない。

「さっきの続きだが、ここを借りているのは松蔵という男だ。だが、実際には別の男がこの家を使っていた。では、松蔵はどうしたのか」

剣一郎は信三に迫るように続ける。

「わしの考えどおり、宗匠頭巾の男がこの家を使っていたとしたら、松蔵が宗匠頭巾の男をここに住まわせていることになる。つまり、松蔵が殺し屋を頼んだ者かもしれない」

信三ははっとしたように表情を変えた。

「松蔵が見つかれば、すべてははっきりするだろう」

「………」

そのとき、茂太が駆け込んできた。

「たいへんだ」

剣一郎がいるのも眼中にないようで、茂太は信三に食いつくように、

「本町の小間物屋が、白蛇の置物を大々的に売り出してるぞ」

「なんだって」

「うちの半額で、謂（いわ）れを書いた紙を添えて、いかにもありがたそうな仕掛けをして売っていた。こっちの白蛇は偽物（にせもの）だと言いふらしてもいる。向こうは大店だ。人手もある」

「汚ねえ」

信三は歯嚙みし、

「ちくしょう。さっき文句をつけていた男も本町のまわし者に違いねえ」

と、吐き捨てた。

「なに、どういうことだ？」

茂太が聞きとがめる。

「さっき、白蛇はいかさまだと文句を言いに来た男がいたんだ。そいつのために、大勢の客が買わずに帰ってしまった」

「なんだと」

茂太が飛び上がるように言った。

「おまえたち、小間物屋が邪魔をしたせいだと思っているのか」

剣一郎が強い口調で口をはさんだ。

「確かに、さっきの男のことも、商売敵が出現したことも影響しているだろう。だが、それだけではない。こうなったのはそなたたちのせいだ」

「どういうことでございますか」

信三はむっとしてきく。

「開運の白蛇を売る者は、心が汚れていては霊験あらたかとはなるまい。白蛇に限らず、どんな商売も同じだ。嘘をつき、自分をもごまかしながら売っても気持ちは天に通じぬ。商売敵が現われずとも、いつか落ち目になっていく定めだったのだ」

剣一郎は厳しく言う。

「自分の心に正直に生きなければ、商売はうまく立ち行くまい」

信三は俯いていた。

「そうかもしれねえ」

ふいに、信三は顔を上げた。

「こんなものが……」

信三は白蛇の置物を摑んだ。

「こんなものがあんなに売れること自体、おかしかったのだ」

「信三、何を言うんだ？」

茂太が驚いて叫ぶように言う。

「あれだけ売れたのは何かの間違いだったのだ。俺たちは夢を見ていたんだ」

「でも、実際に運が開けた者はいたんだ」

「博打で勝った男と富くじに当たった男のふたりだけだ。何事もなかったのがほとんどだったのではないか。中には不幸になった者もいたかもしれない」

「俺たちは運が開けた」

茂太が訴える。

「いや、そう見えただけだ。俺とおめえは仲違いするところだったじゃねえか。このまま売れていれば、おめえは出店を開いてここを出て行っただろう。そしたら、俺たちの仲は終わっていたはずだ」

「………」

「茂太。いい機会だ。開運白蛇を売るのはもうやめよう。このまま売れ続けたら、俺たちはおかしくなってしまうに違いない」

「冗談じゃねえ。せっかく売れているのに」

茂太は反発する。

「一時だけのことだ。泡みてえなものだ。すぐ消えてしまう」

「そうだ。商売は地道にやるのが一番だ。心にやましい思いがあれば、何をやってもうまくいくはずはない」

剣一郎は口をはさむ。

「青柳さま。あっしが知っていることをすべてお話しいたします。その代わり、藤吉さんを助けてやってください」

「藤吉とは、もしかして宗匠頭巾の男か」

「はい。そうです。青柳さまのご推察(すいさつ)どおり、この家は藤吉さんが使っていました。藤吉さんは殺し屋だと思います」

「信三。何を言い出すんだ？」

茂太が止める。

「茂太。やっぱり、このままじゃいけねえ。青柳さまにすべてをお話しし、藤吉さんがやろうとしていることを食い止めるのだ。それが、俺たちが出来る藤吉さんへの恩返しだ」

「恩返しじゃねえ。裏切りだ」

「違う。藤吉さんのためにもあの人を止めるのだ。茂太、おめえは店番していろ。きっちり策を練って誠実につとめれば、商いは必ずうまくゆく。そう藤吉さんも言っていた。青柳さまに正直にお話しすれば、きっと藤吉さんのこともよい方向に動くんじゃねえかと思う」

信三はきっとして剣一郎を見つめ、

「どうぞ、部屋にお上がりください」

と、勧めた。

「よし」

信三の決意を受け止めて、剣一郎は部屋に上がった。

四

剣一郎と太助は前回と同じ、庭に面した部屋に通された。

信三と向かい合って、剣一郎は相手の口が開くのを待った。

「青柳さまの仰いますように、ゆうべやって来たのは宗匠頭巾の男です。あっしらには藤吉と名乗っています」

「うむ」

「『ひらかわ』から宗匠頭巾の男を築地までの約束で乗せました。途中、あっしらはふたりの男が駕籠を尾けているのに気づき、そのことを宗匠頭巾の男に告げました。そしたら鉄砲洲稲荷で降りました。そのとき、男から下谷広小路の商家までの使いを頼まれました。あっしらが引き返すとき、尾けていたふたりから客はどっちへ行ったかきかれましたので、ふたりが宗匠頭巾の男を追っていたのは間違いありません」

信三はさらに続けた。

「翌日の夜、あっしらの長屋に宗匠頭巾の男がやって来ました。頼まれた使いで預かってきたものを渡したあと、あっしは駕籠かきから足を洗いたいので、あっしらを使ってくれと頼んだのです。そしたら、あっさり請け合い、この家を貸してくれ、商売をはじめる元手も出してくれました。そのとき、はじめて藤吉と名乗りました」

「藤吉はなぜ、そなたたちに親切だったのだ？」

「最初はわかりませんでした。でも、思い出したことがあります。三月前、池之端仲町に住む金貸しの欣三が、湯島天神の男坂で足を滑らせて転落し、頭を打って死んだという一件がありました」

「うむ。確かにあったな」

剣一郎も思い出す。欣三のあくどい取り立てに泣かされた者が多かったので、殺されたのではないかという疑いもあった。

「じつは、あのとき、欣三を深川の料理屋から湯島天神まで運んだのはあっしたちでした。妻恋坂から湯島天神の参道を行き、鳥居の前で降ろしたのです。そこから引き上げるとき、宗匠頭巾の男とすれ違いました」

「なんだと、宗匠頭巾の男と……」

「あのときは想像さえしなかったのですが、今から思うとその男は藤吉さんだったんじゃないかと……」

剣一郎は京之進から聞いた話を思い出した。

神田佐久間町にある『生野屋』という茶問屋の主人が、酔って川に落ちて死んだ。

『生野屋』の主人は深川仲町で同業者との寄合が終わったあと、舟で神田川沿いの船宿まで帰ってきた。そのあと、和泉橋近くで川に落ちたのだ。かなり酔っていたので小便をしようとして過って落ちたものとみなされたが、その前に宗匠頭巾の男と生野屋らしき男が歩いていたのを見たという話があった。

偶然だろうか。二件とも事故ということで始末がついているが……。

『生野屋』の主人繁太郎は番頭だった男で、三年前に先代が亡くなったあと、『生野屋』を引き継いだ。繁太郎は『生野屋』の主人に納まってしばらくすると、先代の妻女を追い出した。そのあと、芸者上がりの女を女房に迎えたという。

先代が亡くなったのは神田川に落ちたからだ。跡を継いだ繁太郎までが川に落ちて同じように死んだのだ。

先代の内儀は一年前に首をくって死んでいる。この死にも繁太郎の関与が取り沙汰された。繁太郎が先代を殺し、店を乗っ取り、あげく内儀まで手にかけたという疑いがあったものの証はなく、内儀は自死したということになった。

「そなたは藤吉が金貸しの欣三を坂の上から突き落としたと思っているのだな」

「はい。藤吉さんは誰かに頼まれて手を下したのだと思います」

「うむ」

剣一郎は戸惑いを禁じ得なかった。

『生野屋』の場合も、殺し屋の仕業だとしても、殺しを頼むような者がいない。先代や妻女に身内はいないのだ。

金貸しの欣三にしても『生野屋』の繁太郎にしても、殺し屋を雇って復讐しようとする者がいない。

それはまた、おせつの件でも同様だ。直次郎や新太郎に復讐をしたいと思う者が見当たらない。

「藤吉の住まいはどこかわからないか」

「いえ、教えてくれませんでした」

「最前、藤吉から使いを頼まれて下谷広小路の商家に行ったと言っていたな」

「はい」

「それはどこだ?」

「紙問屋の『上総屋』です」

「なに、『上総屋』だと」

「はい。『上総屋』の主人嘉兵衛さんに文を届け、小判らしきものを受け取ってきました」

「『上総屋』か……」

剣一郎はこの家を借りた松蔵は『上総屋』の番頭だと聞いた。どうやら、藤吉の背後には『上総屋』の嘉兵衛がいるようだ。

それより『上総屋』は……。

物音がし、茂太が青ざめた顔を出した。

「どうした?」

信三がいぶかって訊く。

「客が来ねえ」

茂太は泣きそうな顔になった。

「そうか。来ないか。……終わったな」

信三は呟いた。

「どうしよう」

茂太の声が震えている。

「どうしたんだ？」

「田原町のしもたやを借りちまった。今戸焼の蛇の土人形も、大量に仕入れることに……」

「金は？」

「前金で支払った。俺の分け前を全部注ぎ込んでしまった」

「ばかな」

信三は呆れた。

「まさか、こんなことになるとは思ってもいなかったんだ」

茂太は悄然とした。

「俺は知らねえぞ」

信三は突き放す。

「信三」

剣一郎は声をかけ、

「藤吉を助けようとしながら、茂太は助けないのか」

「茂太は俺と袂を分かって別に店を持とうとしたんです」

「白蛇の呪いにかかったのだ。あれほど売れれば惑わされるのも無理はない。茂太も目が覚めたはずだ」

「すまねえ。信三。俺がばかだった。すっかり舞い上がっちまった」

「こういうときにひとの本性が出るんじゃねえのか。『ひらかわ』の座敷に上がったときだって」

「言うな。悪かったと思っている」

「信三。ここは松蔵が借りた家だ。いずれ出て行かなくてはなるまい」

「へい」

「茂太が田原町に家を借りたのならちょうどいいではないか。『二人屋』をそこでやりはじめたらどうだ？」

「…………」

「茂太は金を吐きだしてしまっても、信三の取り分は残っているのではないか。

それにしたって、白蛇で儲けた金。所詮、泡のようなものだ。その金を生かすも殺すもそなたたち次第だ。その金でもう一度やり直したらどうだ」

剣一郎は諭すように言う。

「青柳さま。わかりました。やってみます」

信三の目がきらりと光った。

「それがいい」

「茂太。田原町に引っ越そうじゃねえか。白蛇の置物は止めだ。単なる蛇の土人形として売っていこう」

「わかった」

茂太はうれしそうに言い、

「青柳さま。ありがとうございました」

と、畳に額をつけるようにして言った。

「これからは地道に商売をやるのだ」

「へい」

ふたりは同時に返事をした。

帰りがけ、信三が追って来て、

「どうか、藤吉さんのことをお願いいたします」

と、訴えた。

「わかった」

剣一郎は信三を安心させるように言ったが、藤吉の出方次第だと気を重くした。

暮六つ（午後六時）よりだいぶ前に、剣一郎は小名木川沿いにある天夕寺にやって来た。おせつの墓の前に行く。墓標(ぼひょう)が立っているだけだ。剣一郎は手を合わせた。

やがて夕闇が迫り、辺りはほの暗くなってきた。

墓地の入口に新太郎の姿が現われた。剣一郎は少し離れた墓石の横から様子を窺(うかが)う。

新太郎は持ってきた線香(せんこう)を上げた。しゃがんで手を合わせる。

剣一郎は気配を消しておせつの墓標の前にいる新太郎を見つめた。夜の帳(とばり)が新太郎の体を闇の中に包み込んでいった。月が浮かんでいて、辺りは仄(ほの)かに明るい。

　ふと薄闇の中から黒い影が浮かび上がった。影は新太郎のほうに向かって行く。網代笠に墨染め衣の行脚僧だった。

　新太郎は立ち上がった。身動き出来ないのか、立ちすくんでいる。

「新太郎、よく来た」

「これでも許してくれるのか」

　新太郎が縋るような声を出した。

「……いや、おせつは許してくれねえだろうよ」

「………………」

「おまえはここで死ぬんだ」

　そう言い、行脚僧は匕首を新太郎の前に放った。

「約束が違う」

　新太郎が叫ぶ。

「悪く思うな。殺しを頼んだ者の希望は、おまえがおせつの墓の前で自害して果てることなんだよ」

「俺を騙して……」

　新太郎は後退った。

「動くな。匕首を拾え。あの世で、おせつに詫びろ」

「いやだ」

「おまえはおせつを自死に追い込み、父親の命を奪い、母親までも地獄の底に落とした。生きていちゃならねえんだよ」

行脚僧は新太郎に近づく。

「動くな、動けば、この刃が唸る」

行脚僧は仕込み杖を左手に持って構えた。

「匕首を拾え。拾わねえと、その首が飛ぶぞ」

「いやだ」

新太郎は泣き声を出した。

「仕方ない。俺が手を貸してやろう」

仕込み杖を抜いて、白刃を突きだした。そして、峰を返した。

剣一郎は飛び出した。

「そこまでだ」

剣一郎は新太郎の背後から前に出た。

「あんたは……」

「峰打ちで気絶させ、匕首を使って自害にみせかけて殺すつもりか」

「なぜ、ここに？」

「そなたは小瀬直次郎をすぐ殺さなかった。しかし、仲間のふたりは鉄砲洲稲荷裏で殺した。あの付近に住む誰かに脅しをかけているのだと考えた。それで、あの界隈で札付きの男を捜したというわけだ」

　剣一郎は新太郎の前に立ち、

「後ろに下がっておれ」

　と、行脚僧を見つめながら言う。

「邪魔立てするなら青痣与力とて容赦はしねえ。俺は務めを果たさねばならねえんだ」

「殺しを頼んだのは誰だ？」

「俺が言うとでも思っているのか」

「直次郎はどうするんだ？」

「直次郎は最後だ。それまで恐怖を味あわせてやる」

　行脚僧はじりじり間合いを詰めてくる。

「それもその者の希望か」

「そうだ」

「その者は南小田原町の家を借りた松蔵という男か。仲町の『ひらかわ』でも会っていたな。松蔵は何者だ？」

「素直に答えると思うか？」

だいぶ間合いが詰まった。

「頼んだ者は下谷広小路にある『上総屋』の嘉兵衛か」

「………」

行脚僧の動きが止まった。

「やはり、『上総屋』か」

「違う」

そう叫びながら、行脚僧は上段から斬り込んだ。剣一郎は踏み込んで抜刀した。剣と剣が激しく交差し、火花が飛んだ。

行脚僧はすぐ後ろに飛び退いた。

「そなたは何者だ？」

剣一郎は問い掛ける。

「無駄な問いかけよ」

行脚僧は再び裂帛の気合と共に打ち込んできた。剣一郎は相手の鋭い剣を鎬で受け止めた。

相手が強引に迫った。剣一郎は渾身の力で押し返す。行脚僧は足で踏ん張る。剣一郎はさらに押し込み、さっと剣を引いた。

相手が体勢を崩した。剣一郎はすかさず逆袈裟で相手に斬り込んだ。だが、体勢を崩しながらも、相手は剣一郎の剣を払って横に飛んだ。そこを剣一郎の剣が追う。しかし、相手は巧みに剣一郎の剣を逃れた。だが、網代笠を裂いていた。鋭い目つきの細面の顔が現われた。

「藤吉か」

剣一郎は確かめる。

「信三が話したか」

藤吉は口元を歪めた。

「藤吉さんがやろうとしていることを食い止める。俺たちが出来る藤吉さんへの恩返しだと、信三は言っていた」

「なにが恩返しだ」

いきなり、藤吉は踵を返した。

「待て」

剣一郎は墓石の合間を縫って追いかけた。

藤吉は広い場所に出て立ち止まった。破けた網代笠を捨てて振り返った。

「藤吉。神妙にするのだ」

「黙れ」

藤吉は剣を肩に担ぐように構え、いきなり剣一郎に向かって突進してきた。剣一郎は左足を半歩前に出し、脇構えで剣を右斜め下にし、藤吉が近づいてくるのを待った。

凄まじい勢いで向かってきた。剣一郎はまだ我慢をし、相手が目の前に近づくのを待った。そして、眼前に迫った。相手の目を見た瞬間、剣一郎はあっと思った。

剣一郎は横っ飛びに倒れて逃れた。藤吉は行き過ぎて振り向いた。剣一郎は素早く立ち上がる。

剣を構えたが、藤吉は後退り、いきなり向きを変えて駆けだした。

剣一郎は藤吉を見送った。

太助が血相を変えて駆け寄ってきた。

「青柳さま。どうなさったのですか。急に倒れ込んで」

「心配ない」

「でも」

「奴は死ぬ気だった」

「えっ？」

「あのままだったら、わしの剣は藤吉の体に……」

「なぜ、藤吉は死のうとしたんですかえ」

「わからぬ。頼まれた殺しが失敗したと悟ったからか」

「殺し屋の矜持(きょうじ)ですかえ。頼んだ者に顔向け出来ないから」

「いや、最初から失敗したら死ぬ気だったのか。しかし、まだ機会があるとは考えなかったのか。あの男はわしのことを知っていた……」

剣一郎ははっとなった。

「まさか……」

剣一郎は松蔵という男と『上総屋』のことから、ある人物の顔が頭に浮かんだ。

五

翌日、剣一郎は下谷広小路の紙問屋『上総屋』に寄ってから橋場に向かった。

吹きすさぶ北風が葉の落ちた木々の小枝を細かく震わせている。陽射しはますます弱く、大気は冷え渡り、行き交うひとも背中を丸めて小走りになっている。田圃に厚い氷が張り、寺の大屋根、大川端の草木など、目に入るものすべてが凍てついたように寒々としていた。

近間宗十郎が養生をしている植木職の家の離れに着いたのは昼過ぎだった。

剣一郎は庭先に立ち、

「お邪魔する」

と、障子の向こうに声をかけた。

すぐに障子が開いて、宗十郎の世話をしている四十ぐらいの小柄な男が出てきた。弥助という名だったか。

「これは青柳さま」

「今、お会い出来るか」

「はい。どうぞ」

刀を腰から外して濡れ縁に上がった。

剣一郎は部屋に入る。

「青柳さま」

薄目を開け、宗十郎は力のない声を出して剣一郎を見上げた。顔が妙に白い。頬(ほお)は削(そ)げ、首は細く、衣から覗(のぞ)く胸に肋骨(あばら)が浮かび上がっている。

宗十郎はゆっくり起き上がった。

「だいじょうぶか」

「ええ、今日は調子が良いのです」

弥助がすぐに背中から羽織を着せ掛けた。

「どうだ、具合は?」

「自分でもだんだん弱っていっているのがわかります」

「そうか。なんと言ってよいか言葉が見つからぬが」

「お気づかいは無用にございます」

「うむ。きょうはじっくり話がしたいと思ってな」

「さようでございますか」

「では、私は向こうに」

弥助が気を利かせて腰を浮かした。

「松蔵、そなたもここにいろ」

弥助ははっとしたような顔を向けた。

「ここに来る前に、『上総屋』に寄って嘉兵衛に会ってきた」

剣一郎は宗十郎のやつれた顔を見た。

「近間宗十郎、そなたから言うことはあるか」

「何のことでございましょうか」

宗十郎は目をしょぼつかせた。

「昨夜、藤吉という男がここに駆け込んで来なかったか」

「はて、藤吉とは何者か」

「とぼけるのか」

剣一郎は弥助に顔を向け、

「そなたは藤吉を知っておるな」

と、問い質す。

「いえ、知りません」

「南小田原町でそなたが借りた家に住まわせていた男だ。そなたは『上総屋』の番頭と偽って家を借りたそうだな」

「…………」

弥助は押し黙った。

「なぜ、あのような場所に家を借り、藤吉を住まわせたのだ？」

「なんのことか一向に……」

「まだ、しらを切るのか。築地明石町の『渡船屋』の新太郎を見張らせるためではないのか」

弥助ははっとした。

「そなたは深川仲町の『ひらかわ』という料理屋で、藤吉と会っていたな。藤吉はあるときは網代笠をかぶった行脚僧、あるときは宗匠頭巾に十徳姿で……」

「青柳さま。いったい、何のお調べで？」

宗十郎が口をはさんだ。

「藤吉という男は殺し屋だ。水茶屋の娘おせつを自死に追い込んだ旗本の次男坊小瀬直次郎を襲い、仲間の『渡船屋』の新太郎を自害に見せかけて殺そうとしている。だが、不思議なことにおせつの周辺に復讐を図りそうな人物は見当たらないのだ」

「………」

「さらに遡ってみると、三月前に池之端仲町に住む金貸しの欣三が、湯島天神の男坂から足を滑らせて転落し、頭を打って死んだ。欣三のあくどい取り立てで一家心中した者が出た。しかし、欣三は罪に問われなかった。また、神田佐久間町にある『生野屋』の主人が川に落ちて死んだ。この主人には『生野屋』の先代夫妻を殺した疑いもあったが、同じく罪には問われなかった」

剣一郎は息継ぎをし、

「この両名の死に、宗匠頭巾の男が関わっていると思われるのだ。確かな証があるわけではないが、宗匠頭巾の男は藤吉なのだろう」

「………」

何か言いたそうに宗十郎は口を開きかけたが、すぐにつぐんだ。

「この件以外に、調べればもっとあるのかもしれないが、わしが知っているのは今の二件とおせつの件だ。これらは復讐を図るべき身内がいないのに殺し屋が動いた。殺し屋の藤吉が勝手にやったとは思えない。誰かが殺し屋を雇ったのだ」

剣一郎は宗十郎の苦しげに歪んだ顔を見つめながら、

「藤吉は『上総屋』からまとまった金を受け取っていたようだ。となると、殺しを頼んだ者は『上総屋』の嘉兵衛かと思えるが、嘉兵衛とおせつに何ら関わりはない。ところで、近間宗十郎。そなたは定町廻り時代から『上総屋』とは懇意にしていたそうだな。『上総屋』で手代が金を持って逃げた際も、表沙汰にならないようにひそかに始末してやったこともあったときいた。どうなのだ、間違いないな」

「間違いありません」

宗十郎は頷いた。

「この『上総屋』の嘉兵衛には殺し屋を雇う理由もない。だとしたら……」

「さすがは青柳さま。ご推察のとおり、私です」

宗十郎は病にやつれた悲しげな顔を剣一郎に向けた。

「見舞いに来てくれた『上総屋』の嘉兵衛が、世の中は理不尽だと嘆いていました。そこで聞いたのが、『生野屋』の件と金貸し欣三の件です。それとは別に、他からおせつのことも耳に入りました」

細く息を継いで、宗十郎は話を続ける。

「私は怒りが込み上げてきました。いえ、今の定町廻り同心に対してです。そんな悪事を見逃していることに腹が立ちました。私は死期が迫っています。最後のご奉公に、法で裁けぬ者を始末しようと。『上総屋』の嘉兵衛は関わりありません。すべて、私が考え、殺し屋との打ち合わせは……

「私がやりました」

弥助が口をはさんだ。

「藤吉は？」

「藤吉はあっしの義理の弟です」

弥助がいきなり言った。

「なに？　そなたの義弟？」

「はい。女房の弟です。あっしも藤吉も盗賊の仲間でした。藤吉は子どもの頃から近所に住む浪人に剣術を習っていました。二十の頃には師である浪人より強くなっていたそうです。博徒たちと喧嘩になっても負けたことはなかった。十年前、一味の隠れ家が町方に急襲されたとき、あっしは近間さまに捕まりましたが、危篤の女房を見送ってから必ず出頭すると訴えると、あっしを信じて、いっとき藤吉といっしょに解き放してくれたんです。おかげで、女房を看取ってやれましたが、近間さまとの約束を破って、そのまま藤吉とふたりで生まれ故郷の信州松代に逃げてしまいました。そこで、小さな商いを始めました……。ですが、約束を破ったことがずっと気になっていて。その後、近間さまは臨時廻りになり、そして病気になったと江戸からやってきた客人に聞き、近間さまへの恩返しのためにお世話をさせていただこうと病床に押しかけたのです」

「藤吉はなぜ、殺しの役を請け負ったのか」

「じつは藤吉は信州で博徒の親分を殺してしまいました。その博徒の親分は商家の主人を脅して金を出させ、金を出さないと子分たちにいやがらせをさせ、商いの邪魔をしていました。あっしたちの店も金を出さなかったので、散々いやがらせをしてきました。それで、藤吉が子分たちを叩きのめしてやったのです。ところがある日、藤吉の妻子が流れ者に殺されたのです。目撃した者の話から博徒の親分の差し金だと明らかでした。でも、博徒の親分は言葉巧みに言い逃れ、罪に問われることはありませんでした。それで、藤吉は親分の家に単身で乗り込み、叩き斬ったのです。そんなことから、藤吉は悪事を働きながら御定法の手から逃れている輩を許せないという思いが強かったのでしょう。近間さまの企みを話すと、すぐに乗ってくれました」

「最初の金貸し欣三と『生野屋』の主人は事故に見せかけたのに、なぜ小瀬直次郎やその仲間には姿を現わして襲ったのだ？」

「私は、ひとを不幸にして自分だけのうのうとしている連中を許せないという気持ちは当然ありましたが、さっきも申しましたようにそれを見抜けない定町廻り同心の力不足にも憤慨していました。おせつに絡む件では殺し屋の存在を匂わせ、金貸し欣三と『生野屋』の主人の死にも疑いがあるとわからせようとしたのです。しかし、今の同心どもは何も気づきません。結局、今回も青柳さまのお力を借りる始末……」

宗十郎はきっと目を見開き、

「難事件が起こるたびに青柳さまに出馬を願わねばならない。そんな定町廻り同心に活を入れる意味もあって今回の事件を引き起こしました。ですが、やはり、青柳さまにしか解決出来ませんでした。ほんとうは、京之進でも平四郎でもいい。同心が真相を摑んで私の前に現われて欲しかった。そのことが無念でなりません」

「ならば、そなたが元気になって今の定町廻り同心を鍛えるのだ」

「もう、私にはその力はありません。どうか、青柳さまの手で鍛えてやってください。これが私の遺言になりましょう」

「しかし、皆しっかりやっている。そなたが思うほど、力不足とは思えぬが……」

「でも、今回も青柳さまにしか解決出来ませんでした」

「…………」

「青柳さま」

　宗十郎が居住まいをただし、

「一切の責任は私にあります。この弥助は私に命じられたまま動いただけ。それから、藤吉は……」

と、そこで息を呑んだ。

「藤吉は『渡船屋』の新太郎をおせつの墓の前で自害させたあと、小瀬の屋敷に乗り込み、直次郎を斃して、家来に斬られて死ぬという筋書きでおりました」

「そうか、小瀬家の屋敷で最期を迎える覚悟でいたのか」

「はい。なれど、もし失敗したら青痣与力の手によって死にたいと。それが藤吉の望みでした」

　やはり、昨夜の最後は死を覚悟して向かってきたのだ。

「青柳さま。どうか、藤吉の望みを叶えてやってくださいませぬか。今宵、藤吉は小瀬の屋敷に乗り込みます」

宗十郎は手をついた。

「私からもお願いでございます。獄門になるより、青柳さまの手にかかって死ぬほうが本人の仕合わせ。どうか、このとおりでございます」

弥助も深々と頭を下げた。

その夜、剣一郎は小瀬家の直次郎の部屋にいた。

「殺しを頼んだ者はわかりませんが、殺し屋は藤吉という男でした。藤吉は昨夜、おせつの墓の前で新太郎を自害に見せかけて殺そうとしました」

「…………」

「新太郎殺しに失敗しましたが、今夜は直次郎どのを襲ってくるはず」

「この屋敷に押し入ると言うのか」

直次郎は顔を青ざめさせた。

「参りましょう」

「ここの家来で奴に敵（かな）う者はおらぬ。青柳どの、なんとかしてくれ」

直次郎は泣きそうな顔で訴えた。

そのとき、微かに叫び声や怒声が聞こえた。部屋に若い侍が駆け込んできた。最前、玄関で刀を預けた侍だ。

「狼藉者です」

そう言い、若い侍は剣一郎に刀を返した。

剣一郎は廊下を走り、玄関に向かった。だが、すでに宗匠頭巾の男は玄関を抜け、廊下にいた。家来たちが囲んでいたが、剣を構えているだけで踏み込めずにいる。

「直次郎はどこだ」

宗匠頭巾の男が叫びながら廊下を歩いてきた。

「藤吉か。待っていた」

剣一郎が前に出た。

「青痣与力。きょうこそ」

いきなり、藤吉が向かってきた。剣一郎は弾き返し、素早く斬り込んだ。藤吉は身を翻して避けた。

「それほどの腕を持ちながら……」

剣一郎は哀れむように言う。

「いくぞ」

藤吉は裂帛の気合で斬り込んだ。

剣一郎も踏み込んで、相手の剣を鎬で受け止めた。ぐっと体を寄せ合い鍔迫り合いになった。

押し合いながら、剣一郎は相手の目を覗き込んだ。

微かに涙のようなものを見た瞬間、思わず手の力が緩んだ。その隙を逃さず、藤吉は剣一郎の体を突き放し、すぐさま上段から斬り込んできた。

剣一郎は腰を落とし、伸び上がるように剣を下から掬った。剣一郎の動きのほうが速く、切っ先は藤吉の胸を掠めた。藤吉は体勢を崩すも、すぐに立て直した。だが、すでに剣一郎は剣を藤吉の眼前に立てて待ち構えていた。

藤吉は上段から裂帛の気合で斬り込んできた。剣一郎は十分に引き付けようと待った。藤吉が迫る。剣一郎はまだ動かない。藤吉は上段に構えたまま飛びこんできた。

素早く反応した剣一郎の剣は藤吉の胴を払いにいった。だが、藤吉の剣は振り下ろされなかった。

はっとして、剣一郎は剣を止めた。だが、藤吉はその剣に体を預けるように勢いよく向かってきた。剣一郎の手に鈍い感触が残った。藤吉は呻き、くずおれた。

剣一郎は急いで藤吉の体を支えた。

「藤吉」

剣一郎は声をかける。

「もう、思い残すことはありません」

そう言うと、藤吉の口から血が滴り出た。

「殺ったか」

直次郎が近づいてきて叫んだ。

「青痣与力。よくやってくれた」

「直次郎どの。これで終わったわけではありません。おせつへの謝罪がなければ第二の殺し屋が出現しないとも限りません」

「わかった。でも、どうやって謝ればいいのだ」

「新太郎と計らい、おせつと父親の墓を建てて供養してやるのです。そして、二度とばかな真似はしないように」

剣一郎はきつく直次郎を叱った。

数日後、剣一郎は田原町に足を向けた。

田原町も横町に入り、小商いの店が並ぶ一角に『二人屋』という今戸焼の七輪や焙烙、火鉢、土瓶などを売る店があった。店先の片隅に、蛇の土人形が遠慮がちに並んでいた。

剣一郎は店先に立って、編笠をはずした。

「青柳さま」

店番をしていた信三が近寄ってきた。

「いい店ではないか」

「ありがとうございます。おかげでなんとか開店にこぎつけました」

「茂太は？」

「今、今戸まで仕入れに行っています」

「仲良くやっているのか」

「へい。地道が一番だとふたりで話しています」

「そうか」

「青柳さま。藤吉さんは亡くなったそうですね」

「うむ」

自分が斬ったとは言えなかった。

そのとき、客がやって来た。

「では、わしは」

剣一郎は店先を離れた。

そこから橋場に向かった。きょうは植村京之進、只野平四郎、そして曾根哲之進が近間宗十郎に呼ばれているのだ。

三人を厳しく励ますのだろう。すべて宗十郎が仕組んだことだと知って、三人はどんな反応を示すのか。

宗十郎の最後のご奉公だ。冬の空は晴れて、穏やかな陽射しが剣一郎の顔に当たっていた。

泡沫の義

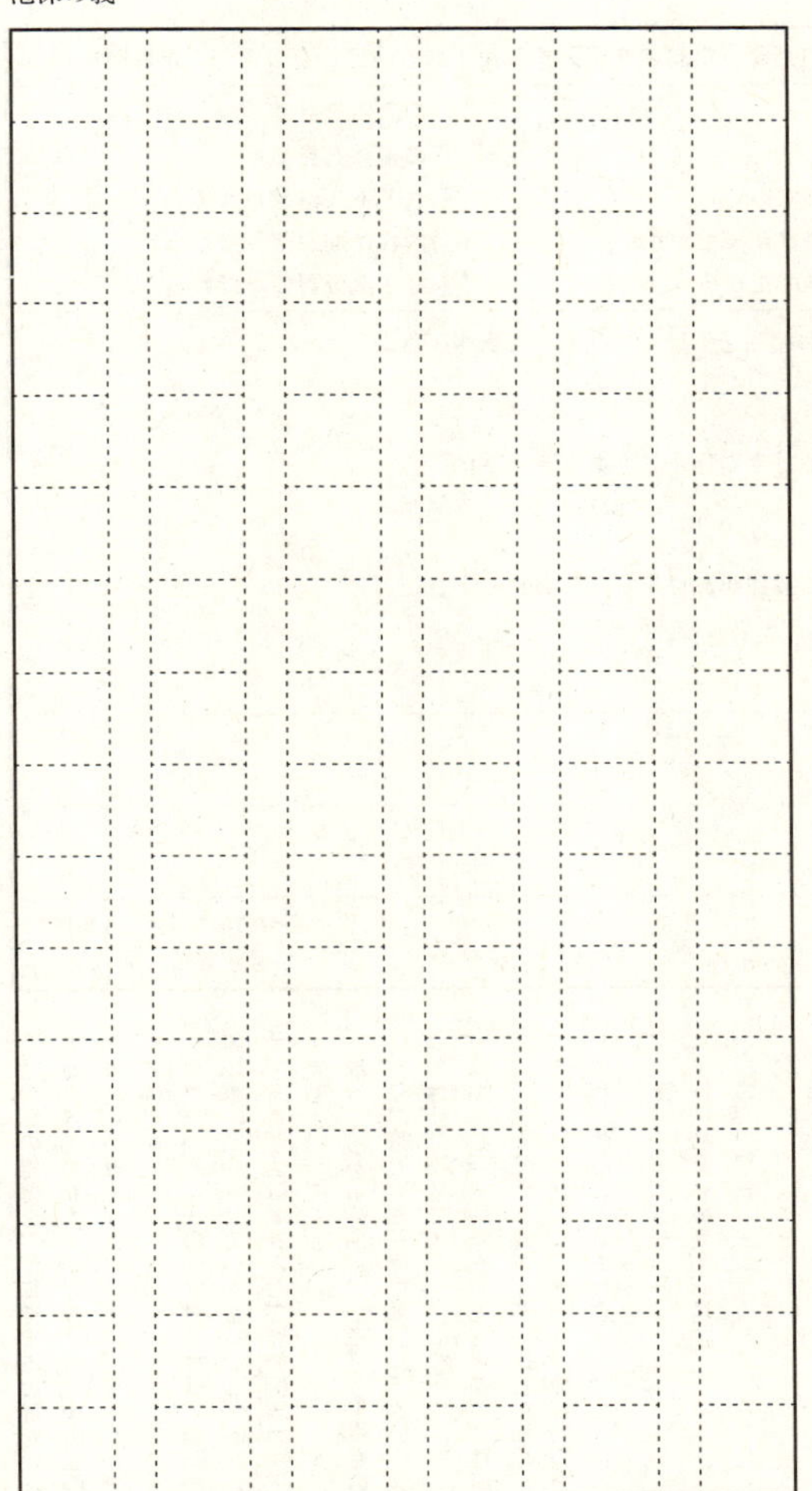

一〇〇字書評

切・り・取・り・線

購買動機（新聞、雑誌名を記入するか、あるいは○をつけてください）	
□（　　　　　　　　）の広告を見て	
□（　　　　　　　　）の書評を見て	
□ 知人のすすめで	□ タイトルに惹かれて
□ カバーが良かったから	□ 内容が面白そうだから
□ 好きな作家だから	□ 好きな分野の本だから

・最近、最も感銘を受けた作品名をお書き下さい

・あなたのお好きな作家名をお書き下さい

・その他、ご要望がありましたらお書き下さい

住所	〒				
氏名		職業		年齢	
Eメール	※携帯には配信できません		新刊情報等のメール配信を 希望する・しない		

この本の感想を、編集部までお寄せいただけたらありがたく存じます。今後の企画の参考にさせていただきます。Eメールでも結構です。

いただいた「一〇〇字書評」は、新聞・雑誌等に紹介させていただくことがあります。その場合はお礼として特製図書カードを差し上げます。

前ページの原稿用紙に書評をお書きの上、切り取り、左記までお送り下さい。宛先の住所は不要です。

なお、ご記入いただいたお名前、ご住所等は、書評紹介の事前了解、謝礼のお届けのためだけに利用し、そのほかの目的のために利用することはありません。

〒一〇一－八七〇一
祥伝社文庫編集長　坂口芳和
電話　〇三（三二六五）二〇八〇

祥伝社ホームページの「ブックレビュー」からも、書き込めます。

http://www.shodensha.co.jp/bookreview/

祥伝社文庫

泡沫の義 風烈廻り与力・青柳剣一郎

平成31年1月20日　初版第1刷発行

著　者　小杉健治

発行者　辻　浩明

発行所　祥伝社

東京都千代田区神田神保町3-3
〒101-8701
電話　03（3265）2081（販売部）
電話　03（3265）2080（編集部）
電話　03（3265）3622（業務部）
http://www.shodensha.co.jp/

印刷所　堀内印刷
製本所　ナショナル製本
カバーフォーマットデザイン　中原達治

Printed in Japan ©2019, Kenji Kosugi ISBN978-4-396-34489-4 C0193

祥伝社文庫　今月の新刊

小路幸也
アシタノユキカタ
元高校教師、キャバクラ嬢、そして小学生女子。ワケアリ三人が行くおかしな二千キロの旅！

沢里裕二
悪女刑事(デカ)
押収品ごと輸送車が奪われた！　命を狙われたのは警察を裏から支配する女。彼女の運命は？

小杉健治
泡沫(うたかた)の義　風烈廻り与力・青柳剣一郎
襲われたのは全員悪人――真相を追う剣一郎の前に現われた凄惨な殺人剣の遣い手とは⁉

長谷川卓
雨燕(あまつばめ)　北町奉行所捕物控
己をも欺き続け、危うい断崖に生きる女の淡く純な恋。惚れ合う男女に凶賊の手が迫る！

稲田和浩
そんな夢をあともう少し
千住のおひろ花便り
「この里に身を沈めた女は幸福になっちゃいけないんですか」儚い夢追う遣り手おひろの物語。